# ACRIBORÉA

## 2 • DIE VERNICHTUNG DES HOHEN RATES


Text:
Sylvain Cordurié

Zeichnung:
Stéphane Créty

Farben:
Sandrine Cordurié



BUNTE DIMENSIONEN

*Ich danke dem Team von Delcourt für seine Betreuung, vor allem Grégoire, mit dem ich genauso oft telefoniere, wie mit einem engen Verwandten. Tut mir leid, dass ich so eine Nervensäge bin.*
*Sylvain*

*Ich danke type O Negative, Bukaroo Banzai, John Carpenter, Asimov, Pierre Milza, Monsieur Chevrier, meiner Schwiegermutter, der weißen Dame, allen Belgiern, Wallonen, Flamen (ich liebe euch!), Charleville und vor allem mir, ohne den ich nichts wäre (ich liebe mich!).*
*S. Créty*

Text: Sylvain Cordurié
Zeichnung: Stéphane Créty
Farben: Sandrine Cordurié
1. Auflage 2008
Verlag Bunte Dimensionen, Augsburg
Alle deutschen Rechte vorbehalten
Chefredaktion: Thierry Zeller
Aus dem Französischen von Astrid Brachlow
Lettering: Kai-Uwe Wallner
Lektorat: Christiane Graf
Mit besonderem Dank an: Udo Graf, Roland Schulz,
Dr. Stephan Schunck und Arndt Teinert

Originalausgabe:
Acriboréa: 2. Les Ruines de L'Aréopage

ACRIBORÉA



Vertrieb in Deutschland, Österreich und Schweiz:
PPM Vertrieb
Lortzingstr. 5
32683 Barntrup

ISBN: 978-3-938698-92-1

www.buntedimensionen.de

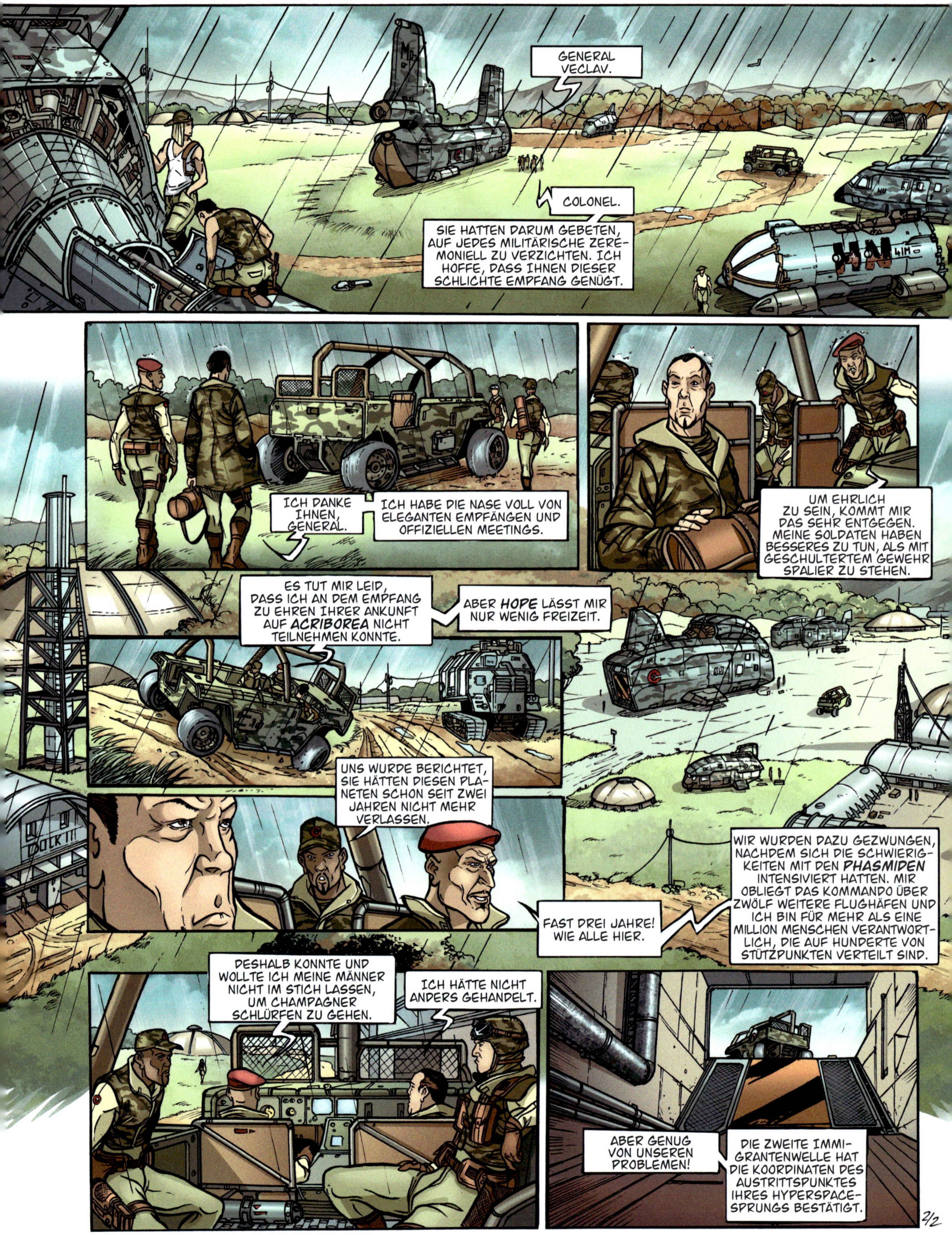
GENERAL VECLAV.
COLONEL.
SIE HATTEN DARUM GEBETEN, AUF JEDES MILITÄRISCHE ZERE-MONIELL ZU VERZICHTEN. ICH HOFFE, DASS IHNEN DIESER SCHLICHTE EMPFANG GENÜGT.
ICH DANKE IHNEN, GENERAL.
ICH HABE DIE NASE VOLL VON ELEGANTEN EMPFÄNGEN UND OFFIZIELLEN MEETINGS.
UM EHRLICH ZU SEIN, KOMMT MIR DAS SEHR ENTGEGEN. MEINE SOLDATEN HABEN BESSERES ZU TUN, ALS MIT GESCHULTERTEM GEWEHR SPALIER ZU STEHEN.
ES TUT MIR LEID, DASS ICH AN DEM EMPFANG ZU EHREN IHRER ANKUNFT AUF ACRIBOREA NICHT TEILNEHMEN KONNTE.
ABER HOPE LÄSST MIR NUR WENIG FREIZEIT.
UNS WURDE BERICHTET, SIE HÄTTEN DIESEN PLA-NETEN SCHON SEIT ZWEI JAHREN NICHT MEHR VERLASSEN.
FAST DREI JAHRE! WIE ALLE HIER.
WIR WURDEN DAZU GEZWUNGEN, NACHDEM SICH DIE SCHWIERIG-KEITEN MIT DEN PHASMIDEN INTENSIVIERT HATTEN. MIR OBLIEGT DAS KOMMANDO ÜBER ZWÖLF WEITERE FLUGHÄFEN UND ICH BIN FÜR MEHR ALS EINE MILLION MENSCHEN VERANTWORT-LICH, DIE AUF HUNDERTE VON STÜTZPUNKTEN VERTEILT SIND.
DESHALB KONNTE UND WOLLTE ICH MEINE MÄNNER NICHT IM STICH LASSEN, UM CHAMPAGNER SCHLÜRFEN ZU GEHEN.
ICH HÄTTE NICHT ANDERS GEHANDELT.
ABER GENUG VON UNSEREN PROBLEMEN!
DIE ZWEITE IMMI-GRANTENWELLE HAT DIE KOORDINATEN DES AUSTRITTSPUNKTES IHRES HYPERSPACE-SPRUNGS BESTÄTIGT.
2/2

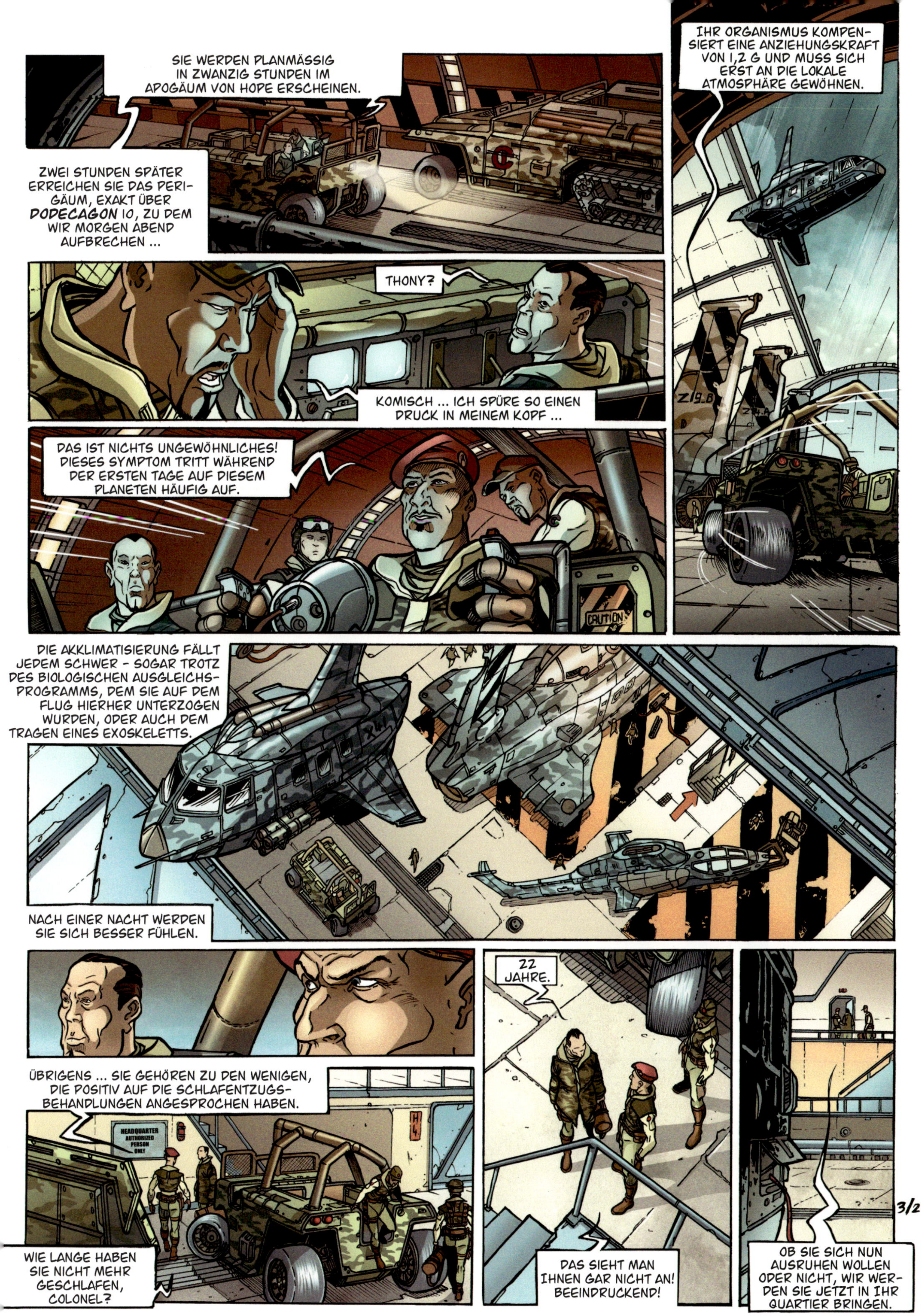
SIE WERDEN PLANMÄSSIG IN ZWANZIG STUNDEN IM APOGÄUM VON HOPE ERSCHEINEN.
ZWEI STUNDEN SPÄTER ERREICHEN SIE DAS PERIGÄUM, EXAKT ÜBER DODECAGON 10, ZU DEM WIR MORGEN ABEND AUFBRECHEN ...
IHR ORGANISMUS KOMPENSIERT EINE ANZIEHUNGSKRAFT VON 1,2 G UND MUSS SICH ERST AN DIE LOKALE ATMOSPHÄRE GEWÖHNEN.
THONY?
KOMISCH ... ICH SPÜRE SO EINEN DRUCK IN MEINEM KOPF ...
DAS IST NICHTS UNGEWÖHNLICHES! DIESES SYMPTOM TRITT WÄHREND DER ERSTEN TAGE AUF DIESEM PLANETEN HÄUFIG AUF.
CAUTION
DIE AKKLIMATISIERUNG FÄLLT JEDEM SCHWER - SOGAR TROTZ DES BIOLOGISCHEN AUSGLEICHS-PROGRAMMS, DEM SIE AUF DEM FLUG HIERHER UNTERZOGEN WURDEN, ODER AUCH DEM TRAGEN EINES EXOSKELETTS.
NACH EINER NACHT WERDEN SIE SICH BESSER FÜHLEN.
ÜBRIGENS ... SIE GEHÖREN ZU DEN WENIGEN, DIE POSITIV AUF DIE SCHLAFENTZUGS-BEHANDLUNGEN ANGESPROCHEN HABEN.
HEADQUARTER AUTHORIZED PERSON ONLY
WIE LANGE HABEN SIE NICHT MEHR GESCHLAFEN, COLONEL?
22 JAHRE.
DAS SIEHT MAN IHNEN GAR NICHT AN! BEEINDRUCKEND!
OB SIE SICH NUN AUSRUHEN WOLLEN ODER NICHT, WIR WERDEN SIE JETZT IN IHR QUARTIER BRINGEN.
3/2

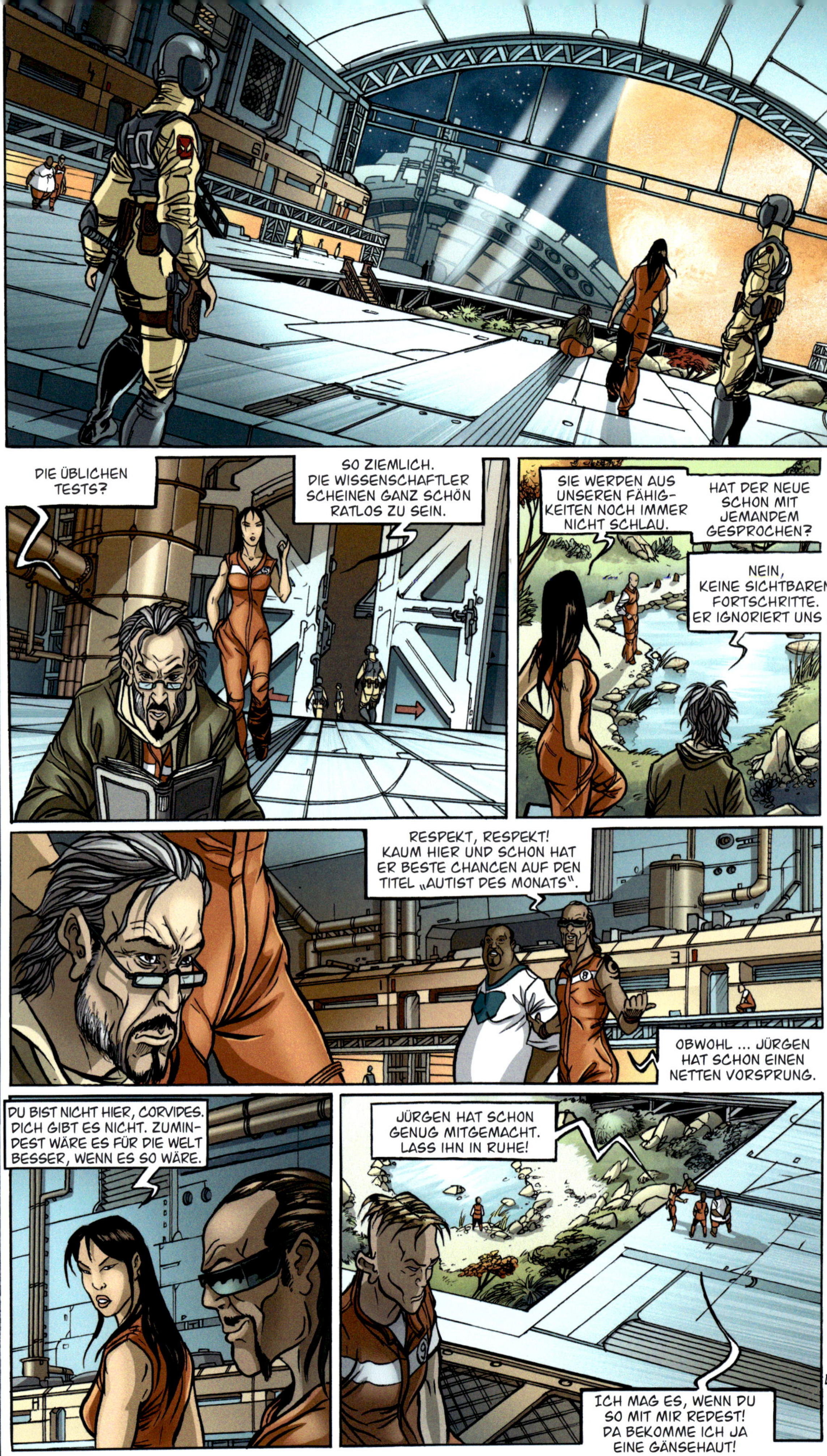
DIE ÜBLICHEN TESTS?
SO ZIEMLICH. DIE WISSENSCHAFTLER SCHEINEN GANZ SCHÖN RATLOS ZU SEIN.
SIE WERDEN AUS UNSEREN FÄHIG-KEITEN NOCH IMMER NICHT SCHLAU.
HAT DER NEUE SCHON MIT JEMANDEM GESPROCHEN?
NEIN, KEINE SICHTBAREN FORTSCHRITTE. ER IGNORIERT UNS ...
RESPEKT, RESPEKT! KAUM HIER UND SCHON HAT ER BESTE CHANCEN AUF DEN TITEL „AUTIST DES MONATS".
OBWOHL ... JÜRGEN HAT SCHON EINEN NETTEN VORSPRUNG.
DU BIST NICHT HIER, CORVIDES. DICH GIBT ES NICHT. ZUMIN-DEST WÄRE ES FÜR DIE WELT BESSER, WENN ES SO WÄRE.
JÜRGEN HAT SCHON GENUG MITGEMACHT. LASS IHN IN RUHE!
ICH MAG ES, WENN DU SO MIT MIR REDEST! DA BEKOMME ICH JA EINE GÄNSEHAUT!

* [ORBITALZENTRUM FÜR EXPERIMENTELLE FORSCHUNG]

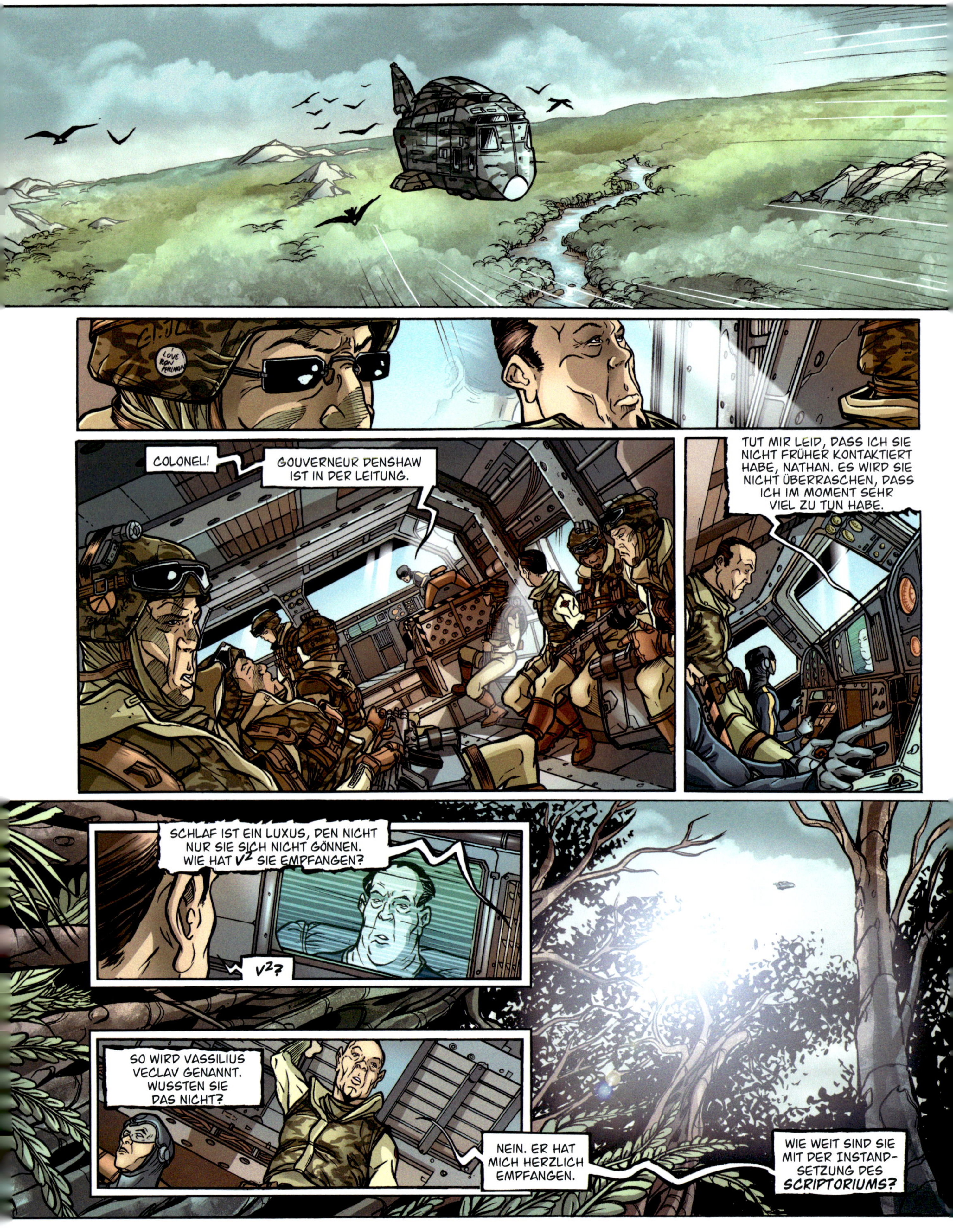

COLONEL!
GOUVERNEUR DENSHAW IST IN DER LEITUNG.
TUT MIR LEID, DASS ICH SIE NICHT FRÜHER KONTAKTIERT HABE, NATHAN. ES WIRD SIE NICHT ÜBERRASCHEN, DASS ICH IM MOMENT SEHR VIEL ZU TUN HABE.
SCHLAF IST EIN LUXUS, DEN NICHT NUR SIE SICH NICHT GÖNNEN. WIE HAT V² SIE EMPFANGEN?
V²?
SO WIRD VASSILIUS VECLAV GENANNT. WUSSTEN SIE DAS NICHT?
NEIN. ER HAT MICH HERZLICH EMPFANGEN.
WIE WEIT SIND SIE MIT DER INSTANDSETZUNG DES SCRIPTORIUMS?

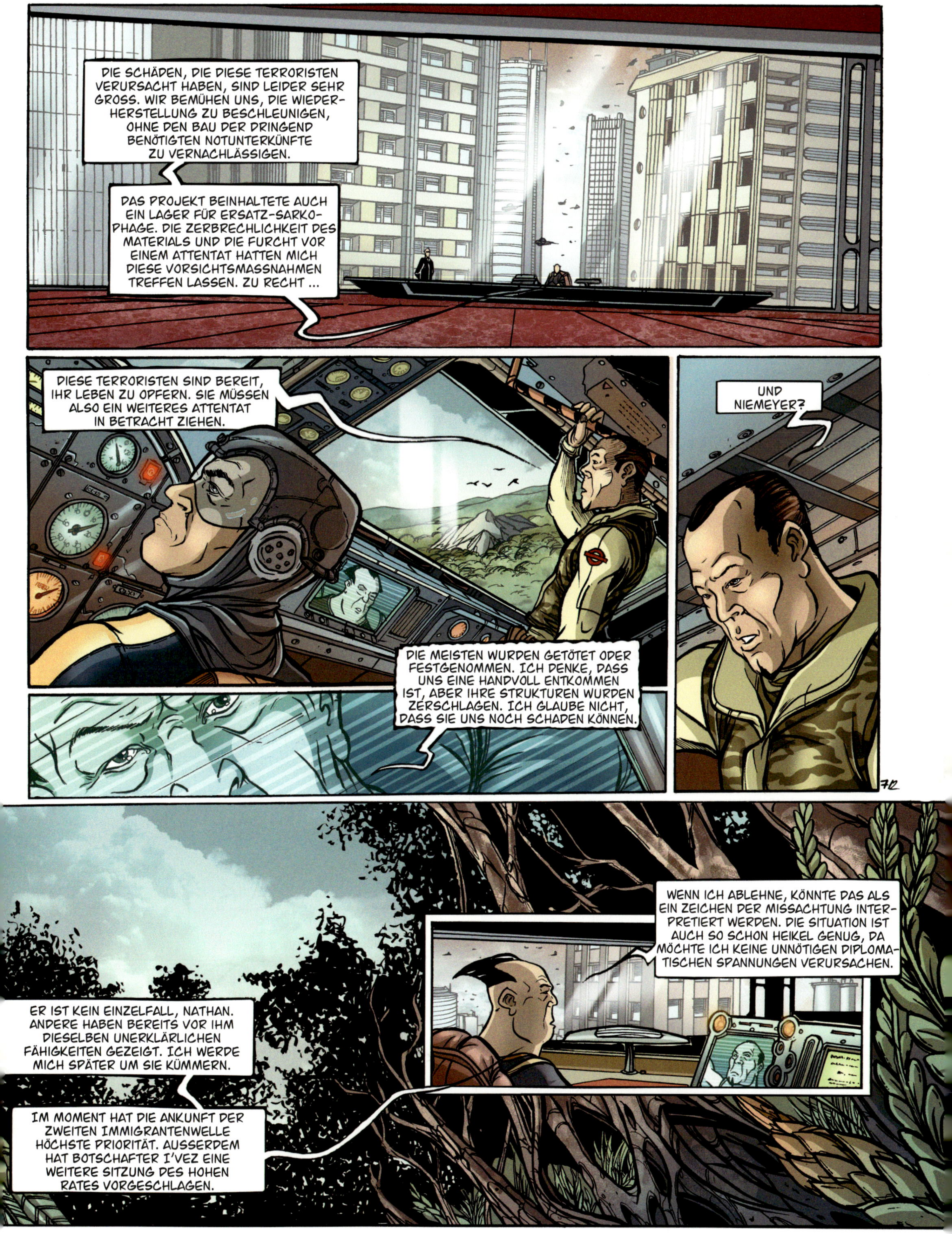
DIE SCHÄDEN, DIE DIESE TERRORISTEN VERURSACHT HABEN, SIND LEIDER SEHR GROSS. WIR BEMÜHEN UNS, DIE WIEDERHERSTELLUNG ZU BESCHLEUNIGEN, OHNE DEN BAU DER DRINGEND BENÖTIGTEN NOTUNTERKÜNFTE ZU VERNACHLÄSSIGEN.
DAS PROJEKT BEINHALTETE AUCH EIN LAGER FÜR ERSATZ-SARKOPHAGE. DIE ZERBRECHLICHKEIT DES MATERIALS UND DIE FURCHT VOR EINEM ATTENTAT HATTEN MICH DIESE VORSICHTSMASSNAHMEN TREFFEN LASSEN. ZU RECHT ...
DIESE TERRORISTEN SIND BEREIT, IHR LEBEN ZU OPFERN. SIE MÜSSEN ALSO EIN WEITERES ATTENTAT IN BETRACHT ZIEHEN.
DIE MEISTEN WURDEN GETÖTET ODER FESTGENOMMEN. ICH DENKE, DASS UNS EINE HANDVOLL ENTKOMMEN IST, ABER IHRE STRUKTUREN WURDEN ZERSCHLAGEN. ICH GLAUBE NICHT, DASS SIE UNS NOCH SCHADEN KÖNNEN.
UND NIEMEYER?
WENN ICH ABLEHNE, KÖNNTE DAS ALS EIN ZEICHEN DER MISSACHTUNG INTERPRETIERT WERDEN. DIE SITUATION IST AUCH SO SCHON HEIKEL GENUG, DA MÖCHTE ICH KEINE UNNÖTIGEN DIPLOMATISCHEN SPANNUNGEN VERURSACHEN.
ER IST KEIN EINZELFALL, NATHAN. ANDERE HABEN BEREITS VOR IHM DIESELBEN UNERKLÄRLICHEN FÄHIGKEITEN GEZEIGT. ICH WERDE MICH SPÄTER UM SIE KÜMMERN.
IM MOMENT HAT DIE ANKUNFT DER ZWEITEN IMMIGRANTENWELLE HÖCHSTE PRIORITÄT. AUSSERDEM HAT BOTSCHAFTER I'VEZ EINE WEITERE SITZUNG DES HOHEN RATES VORGESCHLAGEN.

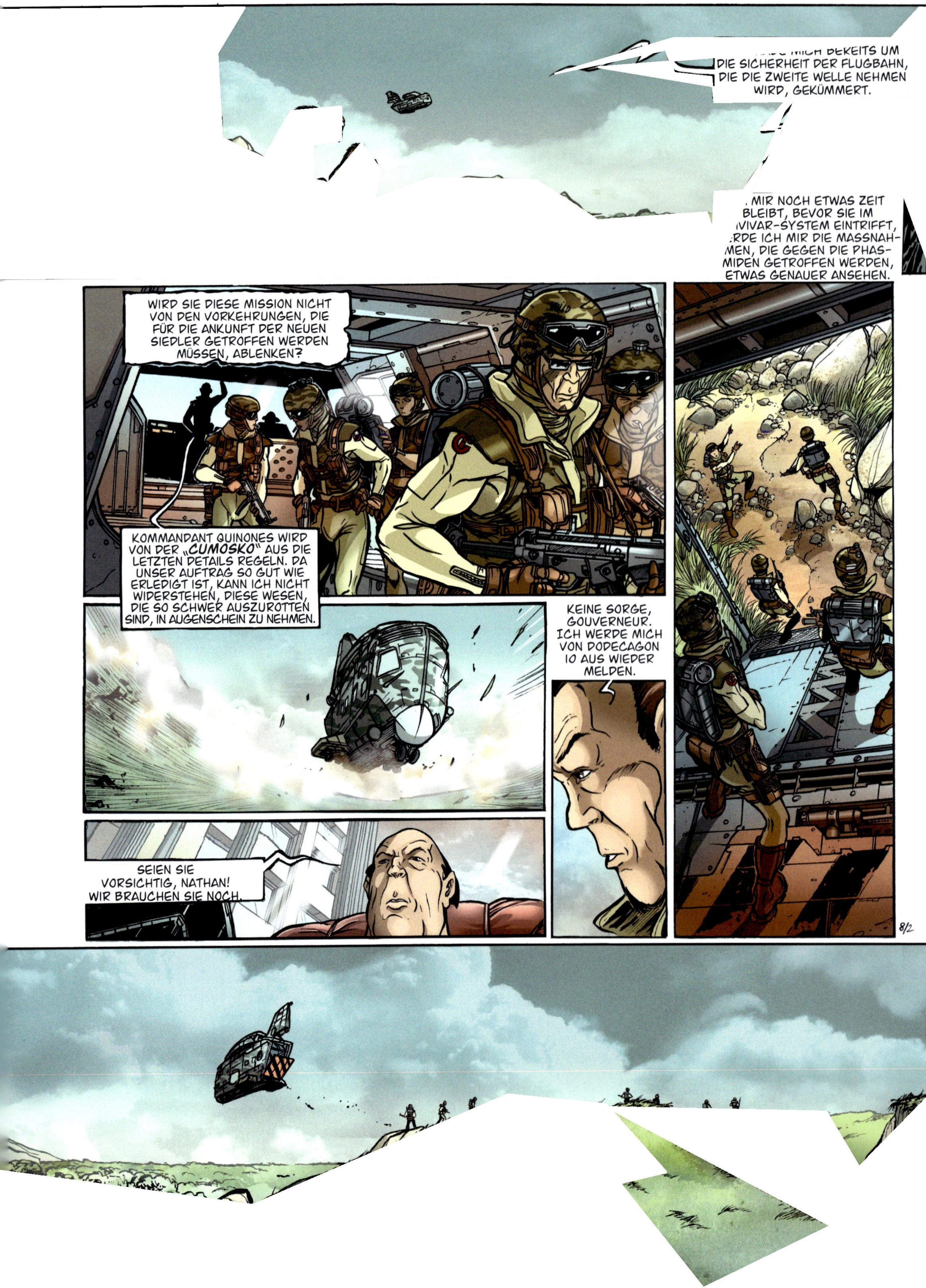

MICH BEREITS UM DIE SICHERHEIT DER FLUGBAHN, DIE DIE ZWEITE WELLE NEHMEN WIRD, GEKÜMMERT.
MIR NOCH ETWAS ZEIT BLEIBT, BEVOR SIE IM …VIVAR-SYSTEM EINTRIFFT, …RDE ICH MIR DIE MASSNAH-MEN, DIE GEGEN DIE PHAS-MIDEN GETROFFEN WERDEN, ETWAS GENAUER ANSEHEN.
WIRD SIE DIESE MISSION NICHT VON DEN VORKEHRUNGEN, DIE FÜR DIE ANKUNFT DER NEUEN SIEDLER GETROFFEN WERDEN MÜSSEN, ABLENKEN?
KOMMANDANT QUINONES WIRD VON DER „CUMOSKO" AUS DIE LETZTEN DETAILS REGELN. DA UNSER AUFTRAG SO GUT WIE ERLEDIGT IST, KANN ICH NICHT WIDERSTEHEN, DIESE WESEN, DIE SO SCHWER AUSZUROTTEN SIND, IN AUGENSCHEIN ZU NEHMEN.
SEIEN SIE VORSICHTIG, NATHAN! WIR BRAUCHEN SIE NOCH.
KEINE SORGE, GOUVERNEUR. ICH WERDE MICH VON DODECAGON 10 AUS WIEDER MELDEN.
8/2

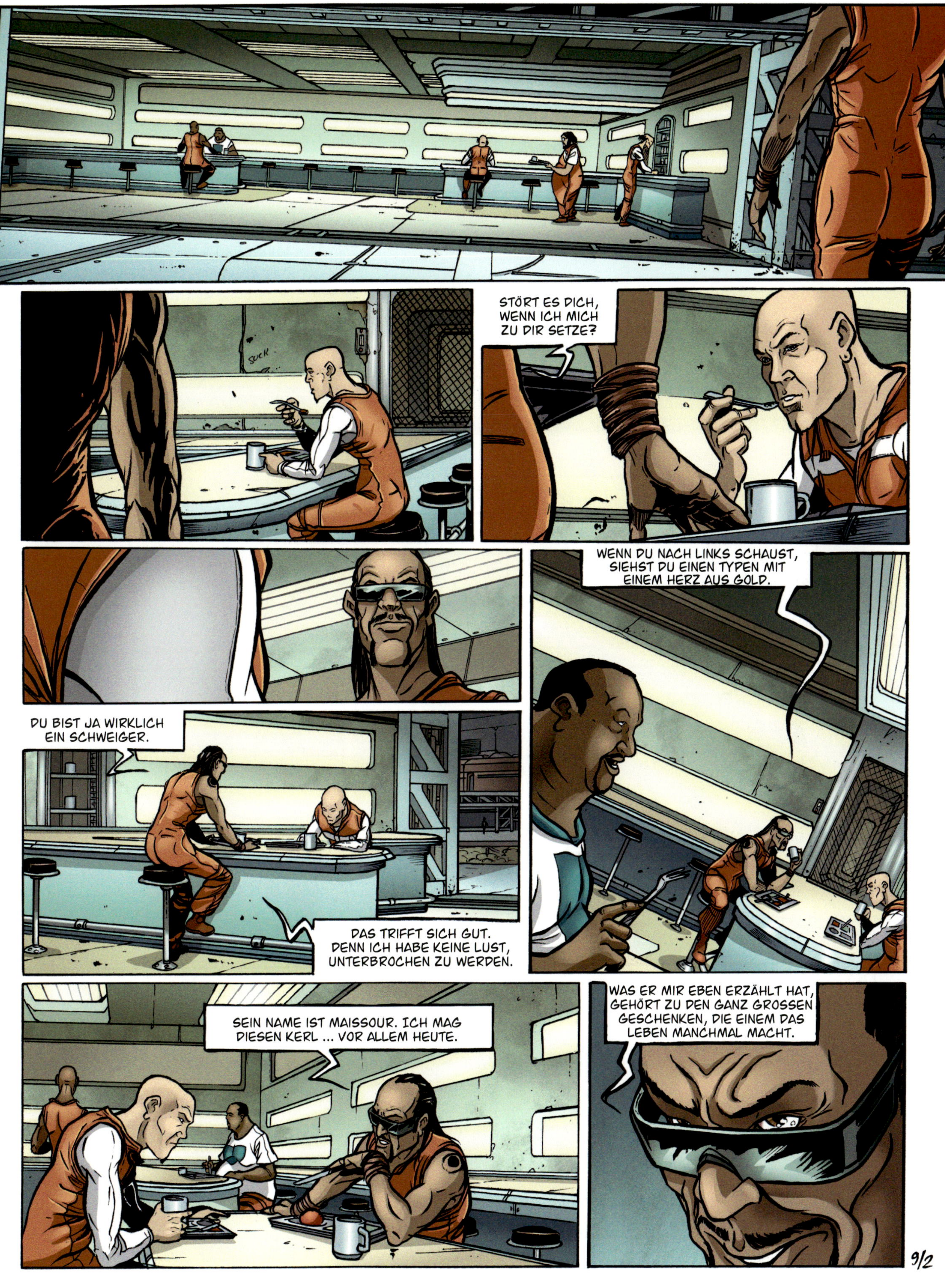
SUCK
STÖRT ES DICH, WENN ICH MICH ZU DIR SETZE?
WENN DU NACH LINKS SCHAUST, SIEHST DU EINEN TYPEN MIT EINEM HERZ AUS GOLD.
DU BIST JA WIRKLICH EIN SCHWEIGER.
DAS TRIFFT SICH GUT. DENN ICH HABE KEINE LUST, UNTERBROCHEN ZU WERDEN.
SEIN NAME IST MAISSOUR. ICH MAG DIESEN KERL ... VOR ALLEM HEUTE.
WAS ER MIR EBEN ERZÄHLT HAT, GEHÖRT ZU DEN GANZ GROSSEN GESCHENKEN, DIE EINEM DAS LEBEN MANCHMAL MACHT.
9/2

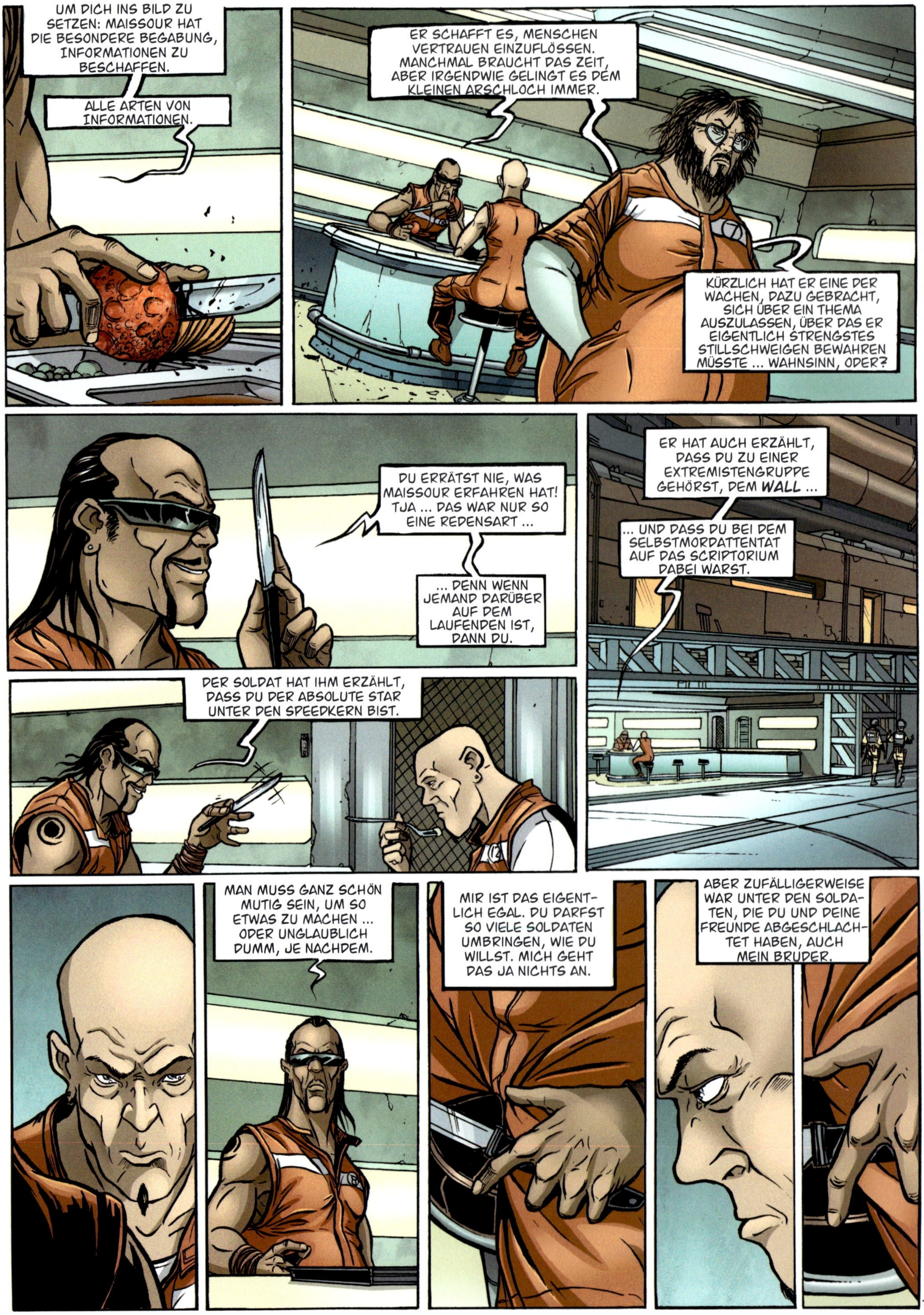
UM DICH INS BILD ZU SETZEN: MAISSOUR HAT DIE BESONDERE BEGABUNG, INFORMATIONEN ZU BESCHAFFEN.
ALLE ARTEN VON INFORMATIONEN.
ER SCHAFFT ES, MENSCHEN VERTRAUEN EINZUFLÖSSEN. MANCHMAL BRAUCHT DAS ZEIT, ABER IRGENDWIE GELINGT ES DEM KLEINEN ARSCHLOCH IMMER.
KÜRZLICH HAT ER EINE DER WACHEN, DAZU GEBRACHT, SICH ÜBER EIN THEMA AUSZULASSEN, ÜBER DAS ER EIGENTLICH STRENGSTES STILLSCHWEIGEN BEWAHREN MÜSSTE ... WAHNSINN, ODER?
DU ERRÄTST NIE, WAS MAISSOUR ERFAHREN HAT! TJA ... DAS WAR NUR SO EINE REDENSART ...
... DENN WENN JEMAND DARÜBER AUF DEM LAUFENDEN IST, DANN DU.
ER HAT AUCH ERZÄHLT, DASS DU ZU EINER EXTREMISTENGRUPPE GEHÖRST, DEM WALL ...
... UND DASS DU BEI DEM SELBSTMORDATTENTAT AUF DAS SCRIPTORIUM DABEI WARST.
DER SOLDAT HAT IHM ERZÄHLT, DASS DU DER ABSOLUTE STAR UNTER DEN SPEEDKERN BIST.
MAN MUSS GANZ SCHÖN MUTIG SEIN, UM SO ETWAS ZU MACHEN ... ODER UNGLAUBLICH DUMM, JE NACHDEM.
MIR IST DAS EIGENTLICH EGAL. DU DARFST SO VIELE SOLDATEN UMBRINGEN, WIE DU WILLST. MICH GEHT DAS JA NICHTS AN.
ABER ZUFÄLLIGERWEISE WAR UNTER DEN SOLDATEN, DIE DU UND DEINE FREUNDE ABGESCHLACHTET HABEN, AUCH MEIN BRUDER.
10/2

STIRB!
CORVIDES! DU KRANKES ARSCHLOCH! HÖR AUF!
YAAHH!

CORVIDES! DU MIESES SCHWEIN!
WENN JASPER SICH GENAUSO HEFTIG GEWEHRT HÄTTE WIE JÜRGEN, WÜRDEN DEINE GEDÄRME JETZT AN DEN WÄNDEN HÄNGEN!
HAST DU SIE NICHT MEHR ALLE, ODER WAS? KEINER VON UNS KANN DIE KONSEQUENZEN SEINER FÄHIGKEITEN ABSCHÄTZEN.
DAS SAGST DU!
WIE IHR ALLE KANN ICH MICH DAVOR SCHÜTZEN ...
UND DAS PERSONAL DER STATION? HAST DU SO WENIG VERSTAND?
LOS, HAU AB!
WIR MÜSSEN REDEN, JASPER!
OKAY ...
NICHT HIER! KOMM MIT!

WIR PATROUILLIEREN MEHR AUS ROUTINE ALS IN DER HOFFNUNG, WIRKLICH PHASMIDEN ZU ENTDECKEN.
WIR WISSEN, DASS HIER IN DER NÄHE EIN NEST IST. ABER DIESE BIESTER SIEHT MAN SO GUT WIE NIE. SIE VERSCHMELZEN TOTAL MIT DER UMWELT. SOGAR IHRE KÖRPERTEMPERATUR KÖNNEN SIE ANPASSEN.
WEITER IN V-FORMATION, JUNGS! YAMANA UND GAVRIL, IHR GEBT UNS RÜCKENDECKUNG!
KEIN KONTAKT, LIEUTENANT.
WIE IMMER.
SIE BLEIBEN IN MEINER NÄHE, COLONEL! GENERAL VECLAV HAT MIR BEFOHLEN, AUF SIE AUFZUPASSEN WIE AUF MEINEN AUGAPFEL.
WEGEN MIR MÜSSEN SIE NICHT ANDERS VORGEHEN ALS SONST, MAC LAHINT.
ICH HABE MEINE BEFEHLE, COLONEL.
UND MEIN RUF WÄRE KOMPLETT IM EIMER, WENN SIE VON DIESER MISSION NICHT ZURÜCKKEHREN WÜRDEN.

AH ...
YAMANA ...
ALLES IN ORDNUNG, YAMANA?
FASS MICH NICHT AN!
RRAAAHHAKK

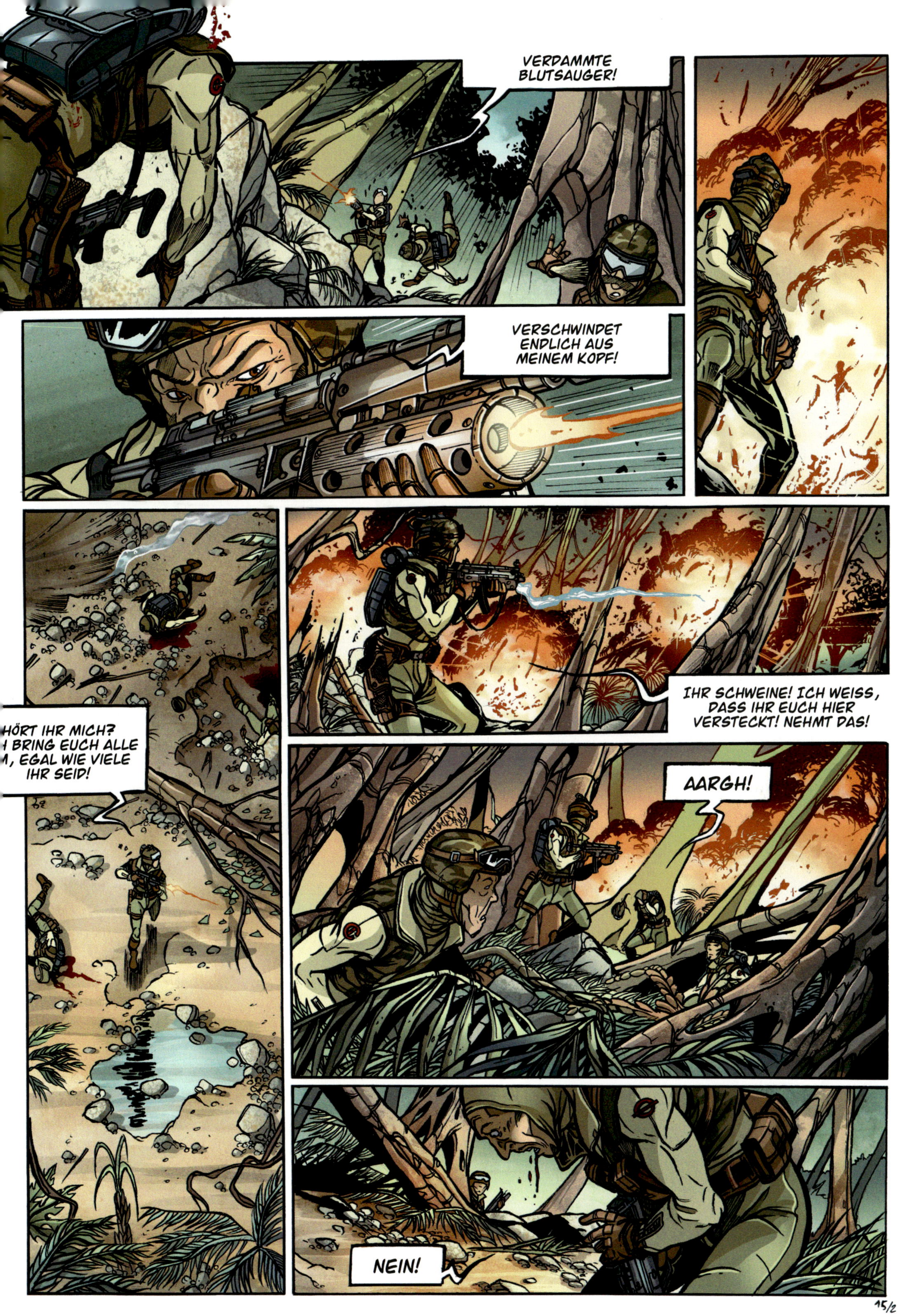

VERDAMMTE BLUTSAUGER!
VERSCHWINDET ENDLICH AUS MEINEM KOPF!
IHR SCHWEINE! ICH WEISS, DASS IHR EUCH HIER VERSTECKT! NEHMT DAS!
HÖRT IHR MICH?
IHR SEID!
AARGH!
NEIN!
15/2

NUTZT DIE GELEGENHEIT, IHN ZU ÜBERWÄLTIGEN!
AAH ...
SIE DÜRFEN MICH NICHT NOCH MAL BENUTZEN ... ICH KANN IHNEN NUR SO ENTKOMMEN ...
GANZ RUHIG, SOLDAT!
NEIN ... SIE VERSTEHEN NICHT ...
ICH SPÜRE SIE IN MIR ...

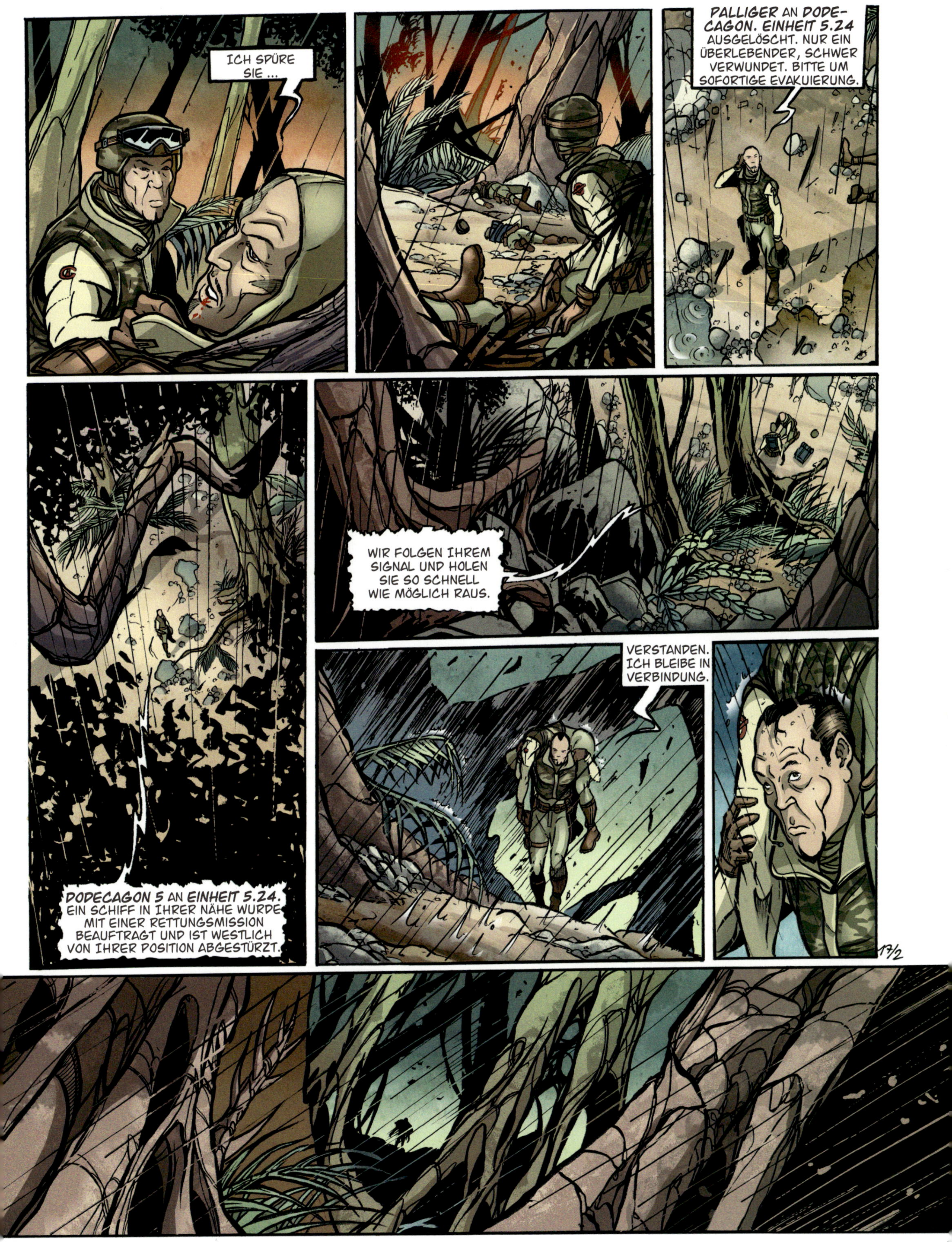

ICH SPÜRE SIE ...
PALLIGER AN DODECAGON. EINHEIT 5.24 AUSGELÖSCHT. NUR EIN ÜBERLEBENDER, SCHWER VERWUNDET. BITTE UM SOFORTIGE EVAKUIERUNG.
DODECAGON 5 AN EINHEIT 5.24. EIN SCHIFF IN IHRER NÄHE WURDE MIT EINER RETTUNGSMISSION BEAUFTRAGT UND IST WESTLICH VON IHRER POSITION ABGESTÜRZT.
WIR FOLGEN IHREM SIGNAL UND HOLEN SIE SO SCHNELL WIE MÖGLICH RAUS.
VERSTANDEN. ICH BLEIBE IN VERBINDUNG.
17/2

DER HOHE RAT AUF ACRIBOREA.
AUCH WENN WIR DIESES DOSSIER NOCH SO GRÜNDLICH VORBEREITEN, HOYLES, WERDEN WIR DEN BOTSCHAFTER DENNOCH NICHT ZUFRIEDEN-STELLEN KÖNNEN.
DIE WAHRHEIT IST, DASS DIE NOMINOSS UNS NICHT VERTRAUEN. SIE SIND DAVON ÜBERZEUGT, DASS IHR VOLK DURCH DIE ANKUNFT DER ZWEITEN WELLE ZUM UNTERGANG VERDAMMT IST.
DAS BEDEUTET, DASS UNSERE ANTWOR-TEN NICHT ENTSCHEIDEND SIND. SIE KÖNNEN SICHER SEIN, DASS WEITERE FRAGEN FOLGEN WERDEN ...
ABER LASSEN SIE DEN KOPF NICHT HÄNGEN! SIE HABEN GUTE ARBEIT GELEISTET.
DANKE, GOUVERNEUR.
MIT AUSNAHME VON RATSMITGLIED GEBBE WERDEN ALLE MITGLIEDER AN DER SITZUNG TEILNEHMEN.
SECURITY LINE
GEBBE LEIDET UNTER EINER GENETISCH BEDINGTEN UNVERTRÄGLICHKEIT DER ACRIBOREANISCHEN ATMOSPHÄRE.
HABEN UNSERE ÄRZTE NOCH IMMER KEINE WIRK-SAME BEHANDLUNGS-METHODE GEFUNDEN?
CONTROL CLEAR
SO VIEL ICH WEISS NICHT.
ICH MÖCHTE NATÜRLICH KEIN BEDAUERN HEUCHELN.
DENN OHNE GEBBE WIRD DIESER TAG VIELLEICHT DOCH NICHT SO SCHLECHT ...
18/2

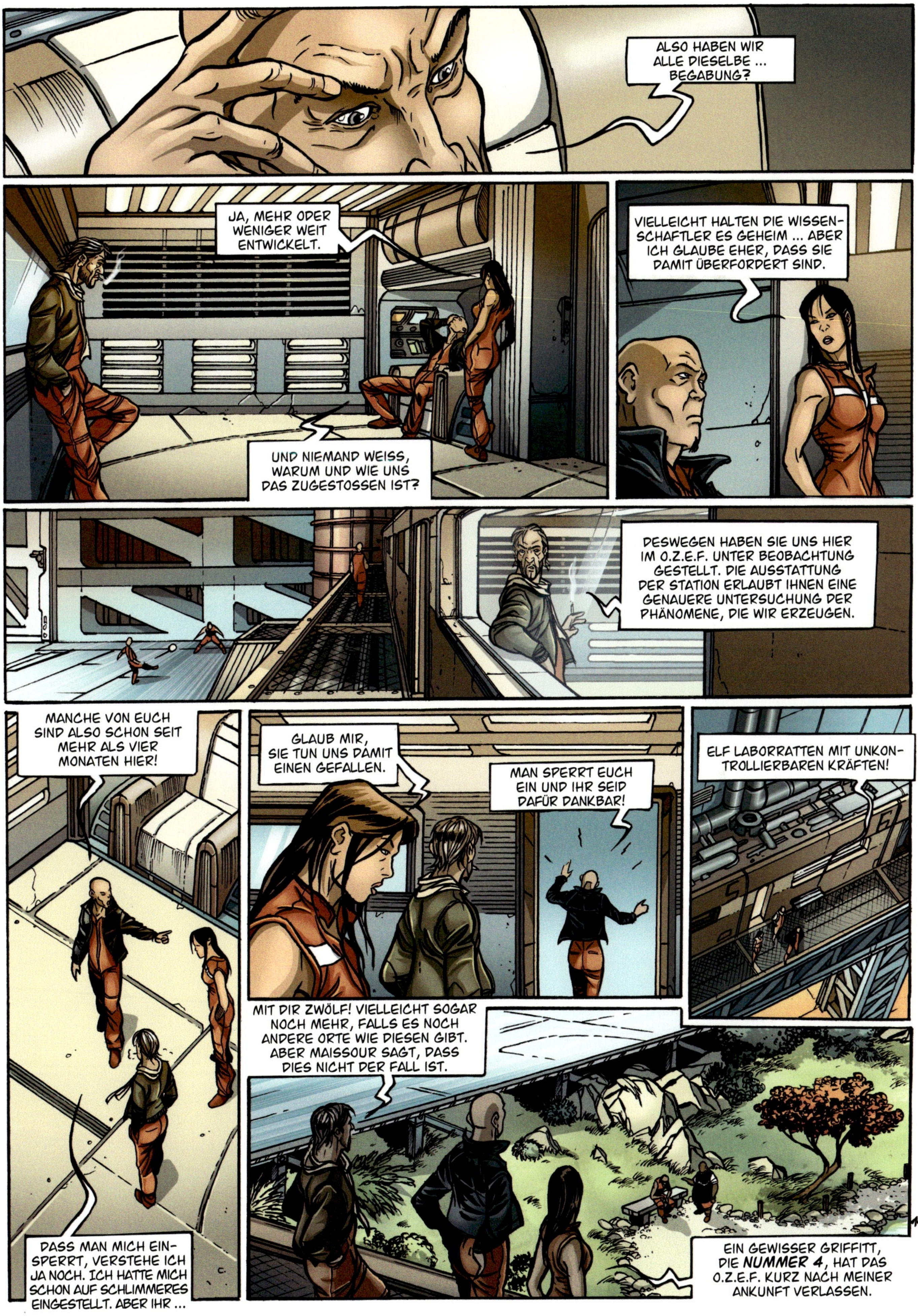
ALSO HABEN WIR ALLE DIESELBE ... BEGABUNG?
JA, MEHR ODER WENIGER WEIT ENTWICKELT.
UND NIEMAND WEISS, WARUM UND WIE UNS DAS ZUGESTOSSEN IST?
VIELLEICHT HALTEN DIE WISSENSCHAFTLER ES GEHEIM ... ABER ICH GLAUBE EHER, DASS SIE DAMIT ÜBERFORDERT SIND.
DESWEGEN HABEN SIE UNS HIER IM O.Z.E.F. UNTER BEOBACHTUNG GESTELLT. DIE AUSSTATTUNG DER STATION ERLAUBT IHNEN EINE GENAUERE UNTERSUCHUNG DER PHÄNOMENE, DIE WIR ERZEUGEN.
MANCHE VON EUCH SIND ALSO SCHON SEIT MEHR ALS VIER MONATEN HIER!
DASS MAN MICH EINSPERRT, VERSTEHE ICH JA NOCH. ICH HATTE MICH SCHON AUF SCHLIMMERES EINGESTELLT. ABER IHR ...
GLAUB MIR, SIE TUN UNS DAMIT EINEN GEFALLEN.
MAN SPERRT EUCH EIN UND IHR SEID DAFÜR DANKBAR!
ELF LABORRATTEN MIT UNKONTROLLIERBAREN KRÄFTEN!
MIT DIR ZWÖLF! VIELLEICHT SOGAR NOCH MEHR, FALLS ES NOCH ANDERE ORTE WIE DIESEN GIBT. ABER MAISSOUR SAGT, DASS DIES NICHT DER FALL IST.
EIN GEWISSER GRIFFITT, DIE **NUMMER 4**, HAT DAS O.Z.E.F. KURZ NACH MEINER ANKUNFT VERLASSEN.
19/2

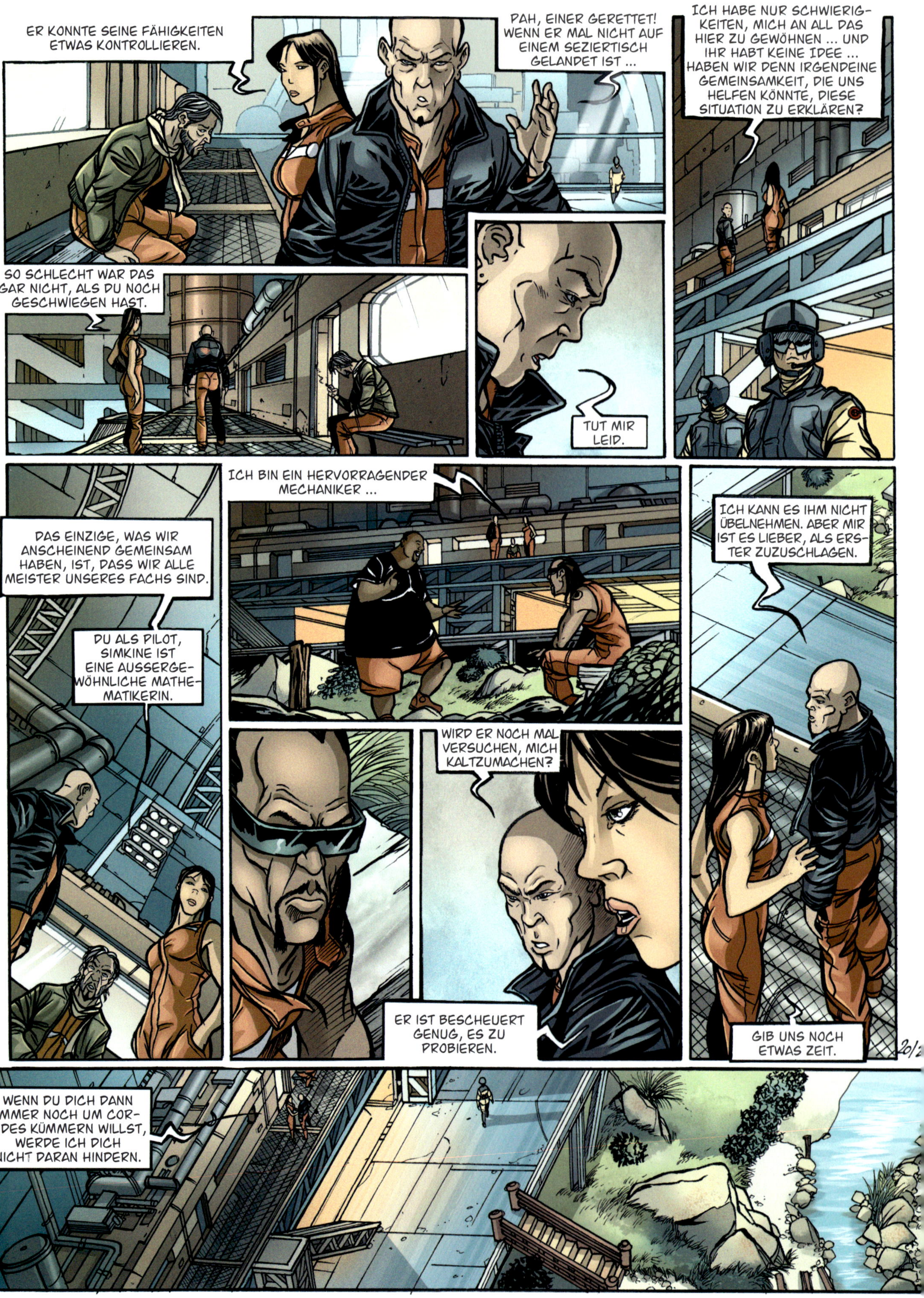

ER KONNTE SEINE FÄHIGKEITEN ETWAS KONTROLLIEREN.
PAH, EINER GERETTET! WENN ER MAL NICHT AUF EINEM SEZIERTISCH GELANDET IST ...
ICH HABE NUR SCHWIERIGKEITEN, MICH AN ALL DAS HIER ZU GEWÖHNEN ... UND IHR HABT KEINE IDEE ... HABEN WIR DENN IRGENDEINE GEMEINSAMKEIT, DIE UNS HELFEN KÖNNTE, DIESE SITUATION ZU ERKLÄREN?
SO SCHLECHT WAR DAS GAR NICHT, ALS DU NOCH GESCHWIEGEN HAST.
TUT MIR LEID.
DAS EINZIGE, WAS WIR ANSCHEINEND GEMEINSAM HABEN, IST, DASS WIR ALLE MEISTER UNSERES FACHS SIND.
DU ALS PILOT, SIMKINE IST EINE AUSSERGEWÖHNLICHE MATHEMATIKERIN.
ICH BIN EIN HERVORRAGENDER MECHANIKER ...
WIRD ER NOCH MAL VERSUCHEN, MICH KALTZUMACHEN?
ER IST BESCHEUERT GENUG, ES ZU PROBIEREN.
ICH KANN ES IHM NICHT ÜBELNEHMEN. ABER MIR IST ES LIEBER, ALS ERSTER ZUZUSCHLAGEN.
GIB UNS NOCH ETWAS ZEIT.
WENN DU DICH DANN IMMER NOCH UM CORVIDES KÜMMERN WILLST, WERDE ICH DICH NICHT DARAN HINDERN.

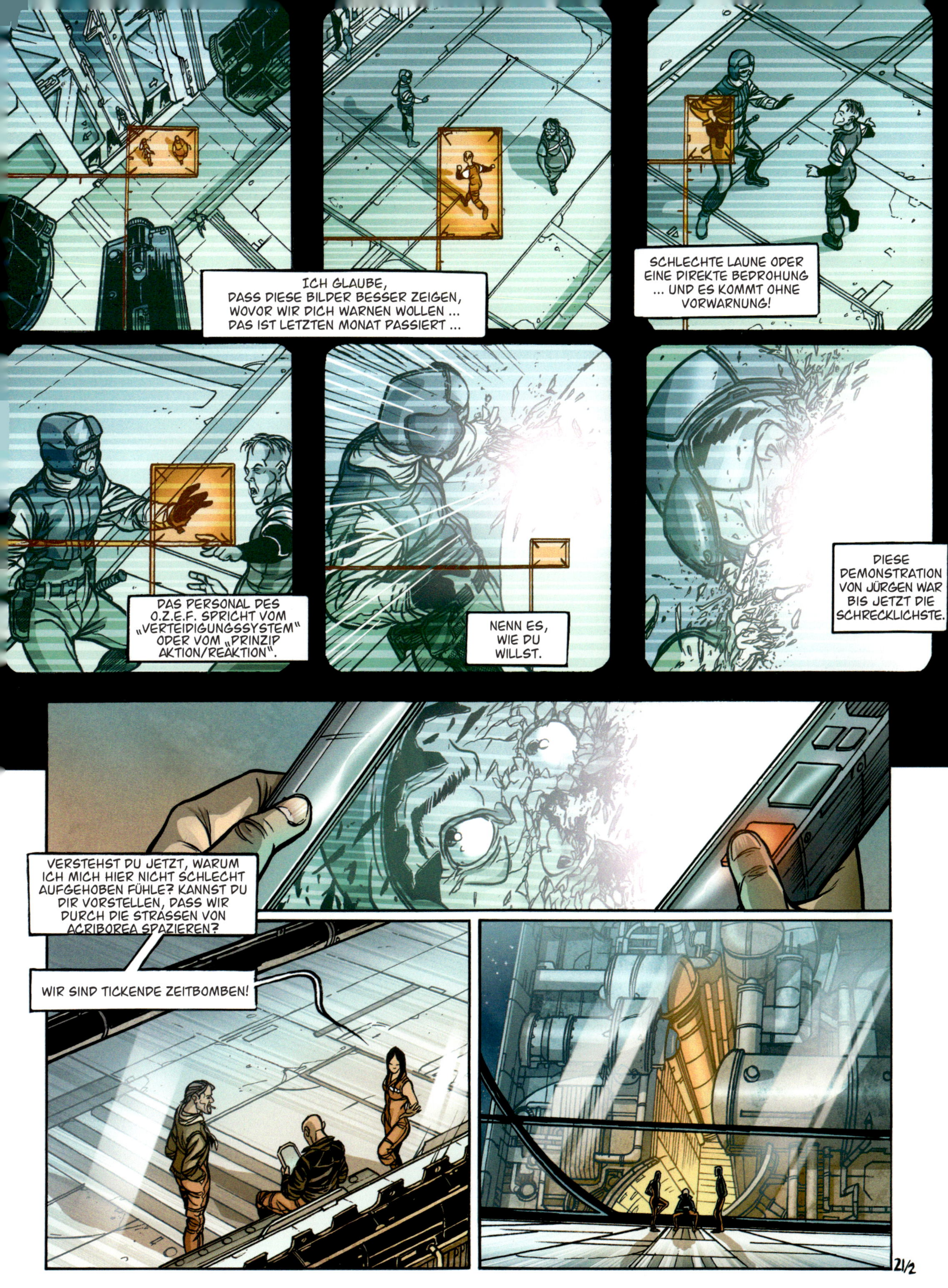
ICH GLAUBE, DASS DIESE BILDER BESSER ZEIGEN, WOVOR WIR DICH WARNEN WOLLEN ... DAS IST LETZTEN MONAT PASSIERT ...
SCHLECHTE LAUNE ODER EINE DIREKTE BEDROHUNG ... UND ES KOMMT OHNE VORWARNUNG!
DAS PERSONAL DES O.Z.E.F. SPRICHT VOM „VERTEIDIGUNGSSYSTEM" ODER VOM „PRINZIP AKTION/REAKTION".
NENN ES, WIE DU WILLST.
DIESE DEMONSTRATION VON JÜRGEN WAR BIS JETZT DIE SCHRECKLICHSTE.
VERSTEHST DU JETZT, WARUM ICH MICH HIER NICHT SCHLECHT AUFGEHOBEN FÜHLE? KANNST DU DIR VORSTELLEN, DASS WIR DURCH DIE STRASSEN VON ACRIBOREA SPAZIEREN?
WIR SIND TICKENDE ZEITBOMBEN!
21/2

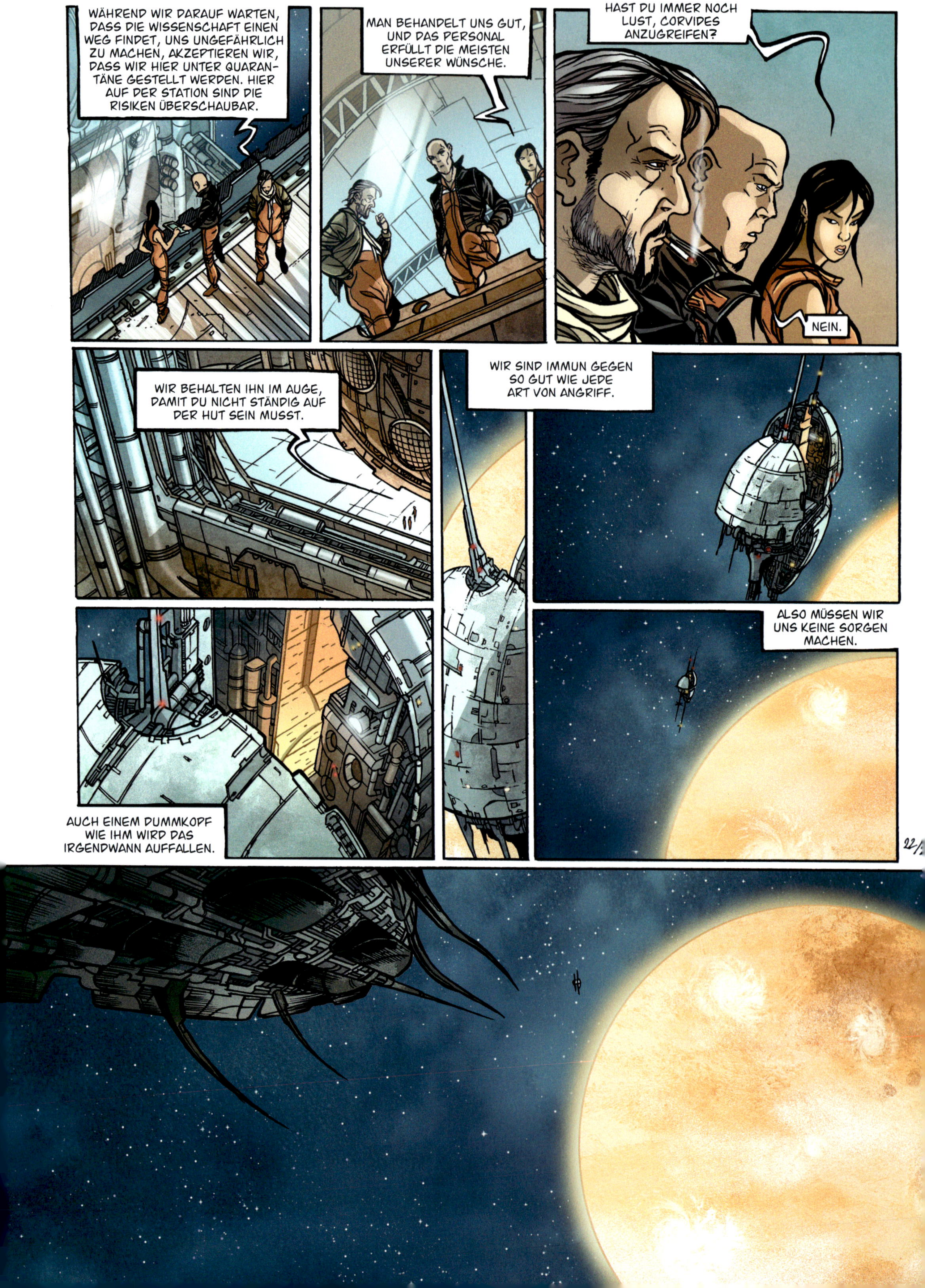
WÄHREND WIR DARAUF WARTEN, DASS DIE WISSENSCHAFT EINEN WEG FINDET, UNS UNGEFÄHRLICH ZU MACHEN, AKZEPTIEREN WIR, DASS WIR HIER UNTER QUARANTÄNE GESTELLT WERDEN. HIER AUF DER STATION SIND DIE RISIKEN ÜBERSCHAUBAR.
MAN BEHANDELT UNS GUT, UND DAS PERSONAL ERFÜLLT DIE MEISTEN UNSERER WÜNSCHE.
HAST DU IMMER NOCH LUST, CORVIDES ANZUGREIFEN?
NEIN.
WIR BEHALTEN IHN IM AUGE, DAMIT DU NICHT STÄNDIG AUF DER HUT SEIN MUSST.
AUCH EINEM DUMMKOPF WIE IHM WIRD DAS IRGENDWANN AUFFALLEN.
WIR SIND IMMUN GEGEN SO GUT WIE JEDE ART VON ANGRIFF.
ALSO MÜSSEN WIR UNS KEINE SORGEN MACHEN.

HOPE, AUF DEM WIR DAS
ALLEINIGE ABBAURECHT DER
BODENSCHÄTZE BESITZEN.

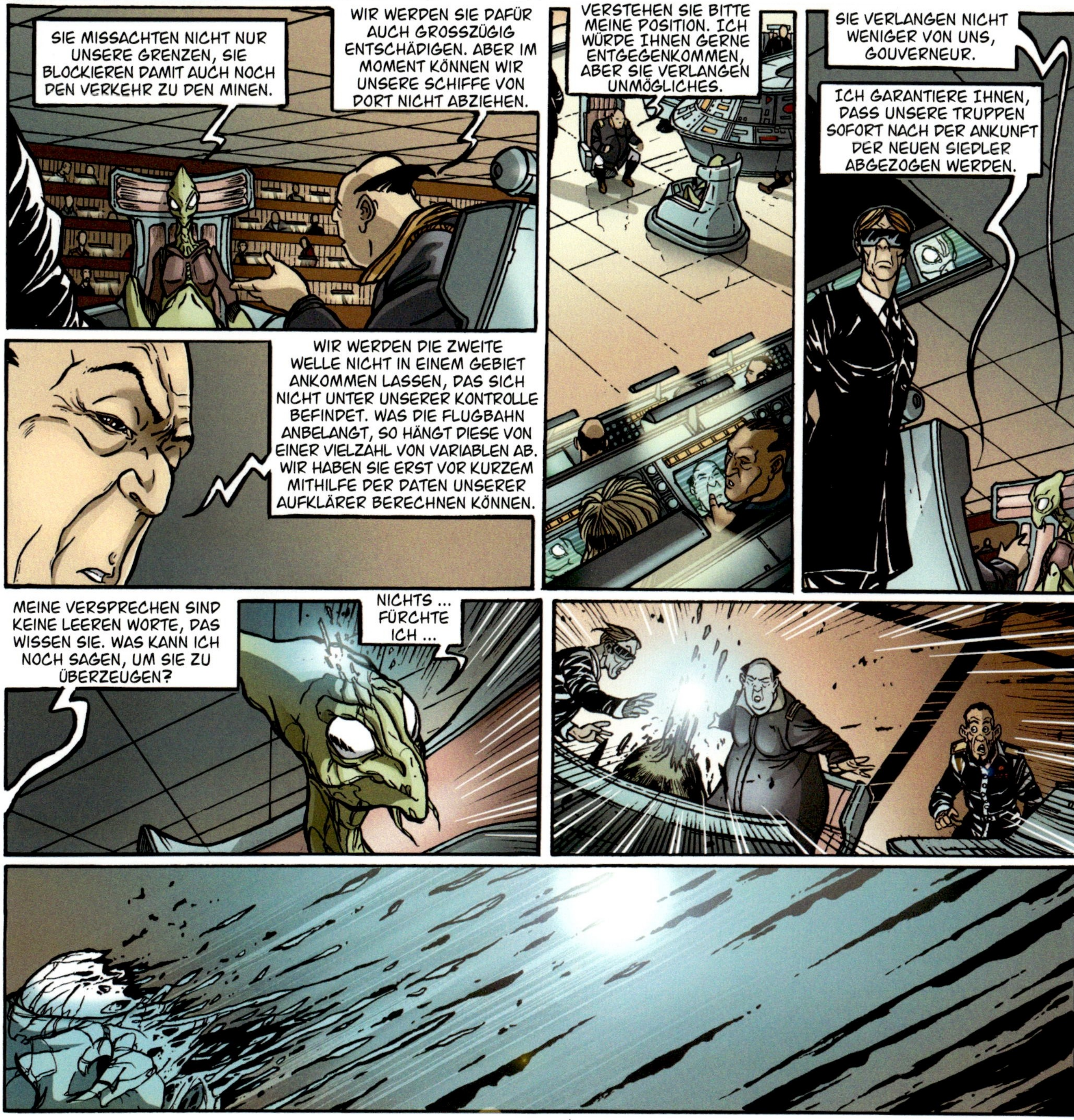


23/2

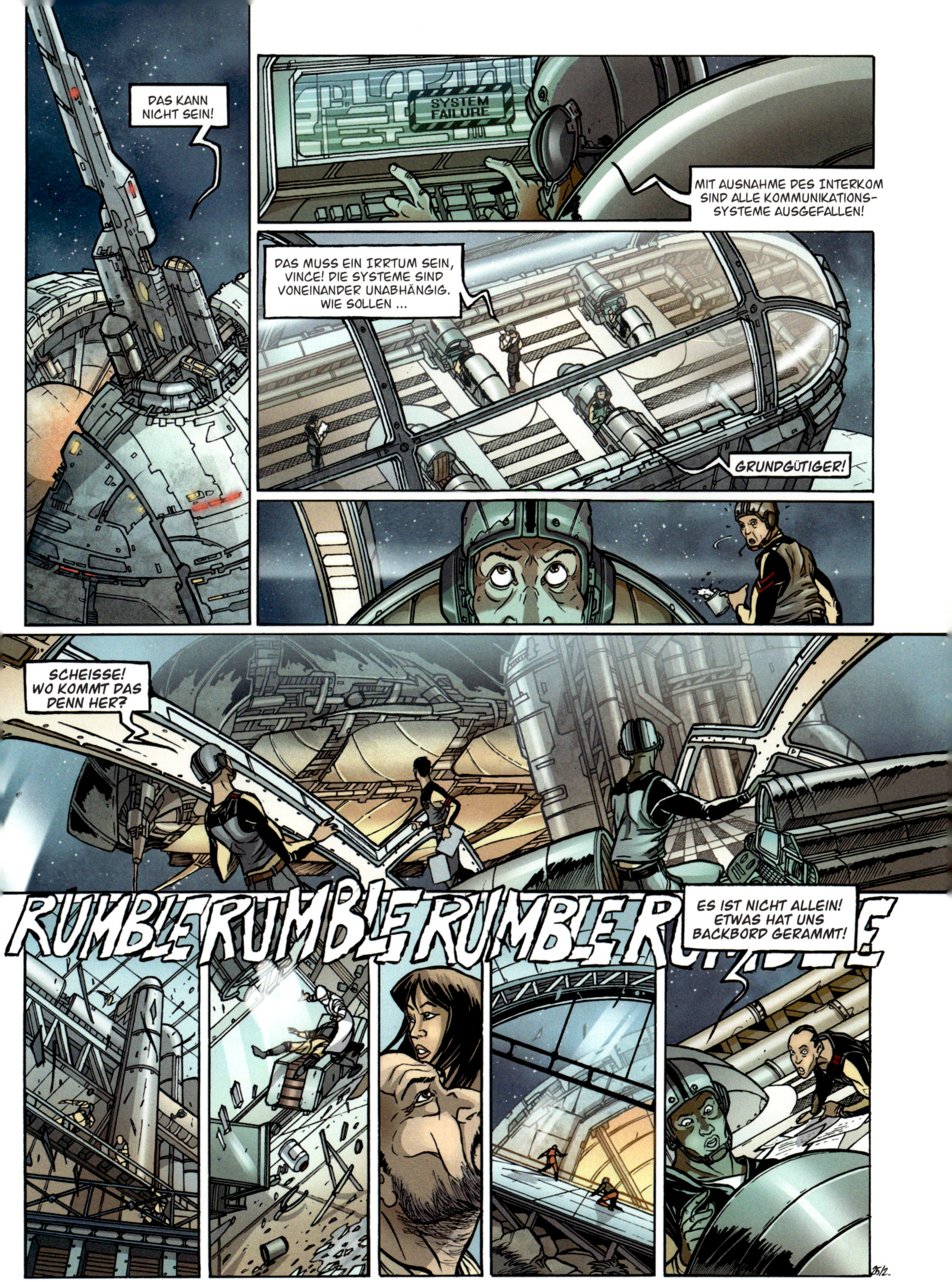

DAS KANN NICHT SEIN!
SYSTEM FAILURE
MIT AUSNAHME DES INTERKOM SIND ALLE KOMMUNIKATIONS-SYSTEME AUSGEFALLEN!
DAS MUSS EIN IRRTUM SEIN, VINCE! DIE SYSTEME SIND VONEINANDER UNABHÄNGIG. WIE SOLLEN ...
GRUNDGÜTIGER!
SCHEISSE! WO KOMMT DAS DENN HER?
RUMBLE RUMBLE RUMBLE
ES IST NICHT ALLEIN! ETWAS HAT UNS BACKBORD GERAMMT!

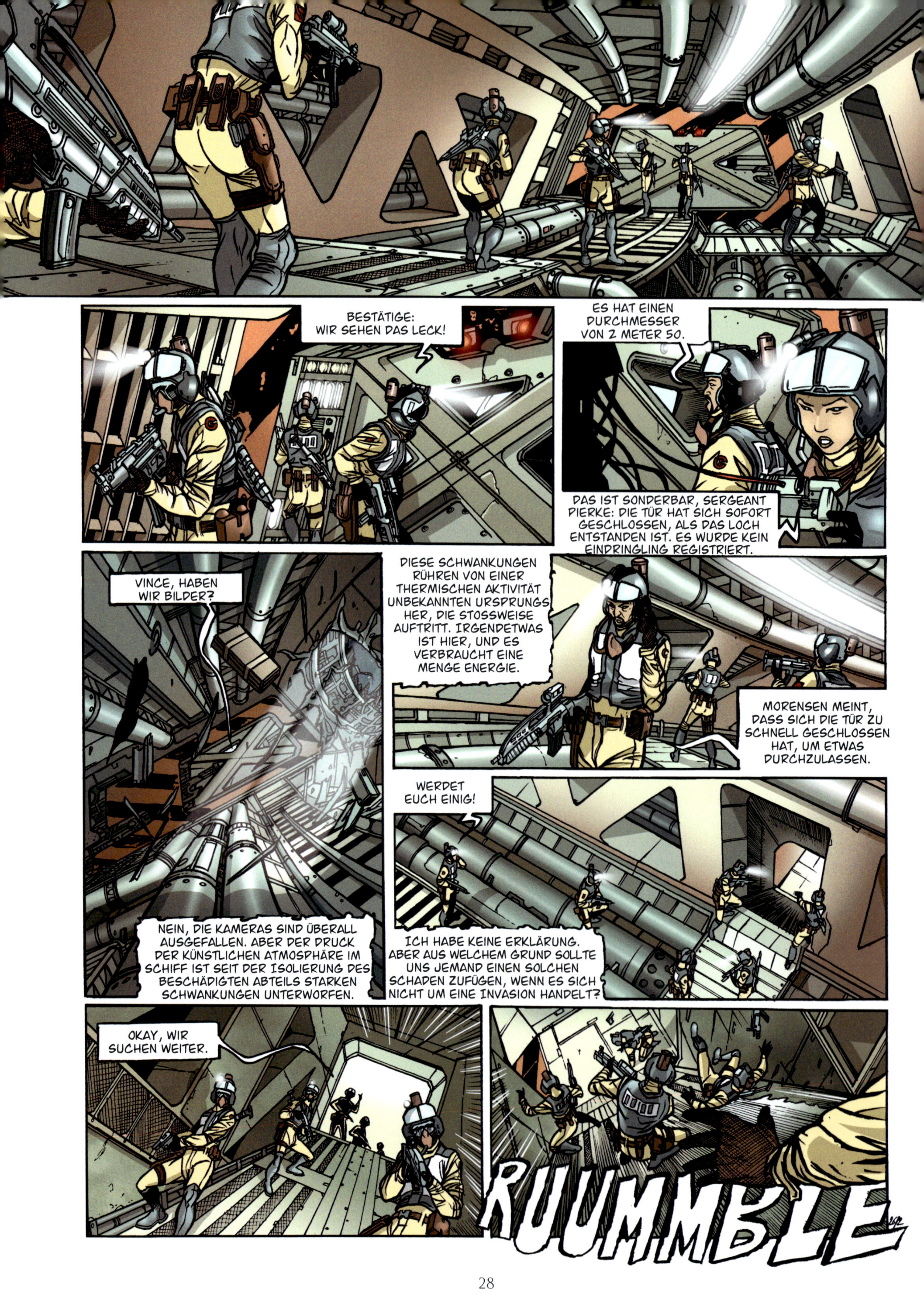
BESTÄTIGE: WIR SEHEN DAS LECK!
ES HAT EINEN DURCHMESSER VON 2 METER 50.
DAS IST SONDERBAR, SERGEANT PIERKE: DIE TÜR HAT SICH SOFORT GESCHLOSSEN, ALS DAS LOCH ENTSTANDEN IST. ES WURDE KEIN EINDRINGLING REGISTRIERT.
VINCE, HABEN WIR BILDER?
NEIN, DIE KAMERAS SIND ÜBERALL AUSGEFALLEN. ABER DER DRUCK DER KÜNSTLICHEN ATMOSPHÄRE IM SCHIFF IST SEIT DER ISOLIERUNG DES BESCHÄDIGTEN ABTEILS STARKEN SCHWANKUNGEN UNTERWORFEN.
DIESE SCHWANKUNGEN RÜHREN VON EINER THERMISCHEN AKTIVITÄT UNBEKANNTEN URSPRUNGS HER, DIE STOSSWEISE AUFTRITT. IRGENDETWAS IST HIER, UND ES VERBRAUCHT EINE MENGE ENERGIE.
MORENSEN MEINT, DASS SICH DIE TÜR ZU SCHNELL GESCHLOSSEN HAT, UM ETWAS DURCHZULASSEN.
WERDET EUCH EINIG!
ICH HABE KEINE ERKLÄRUNG. ABER AUS WELCHEM GRUND SOLLTE UNS JEMAND EINEN SOLCHEN SCHADEN ZUFÜGEN, WENN ES SICH NICHT UM EINE INVASION HANDELT?
OKAY, WIR SUCHEN WEITER.
RUUMMBLE

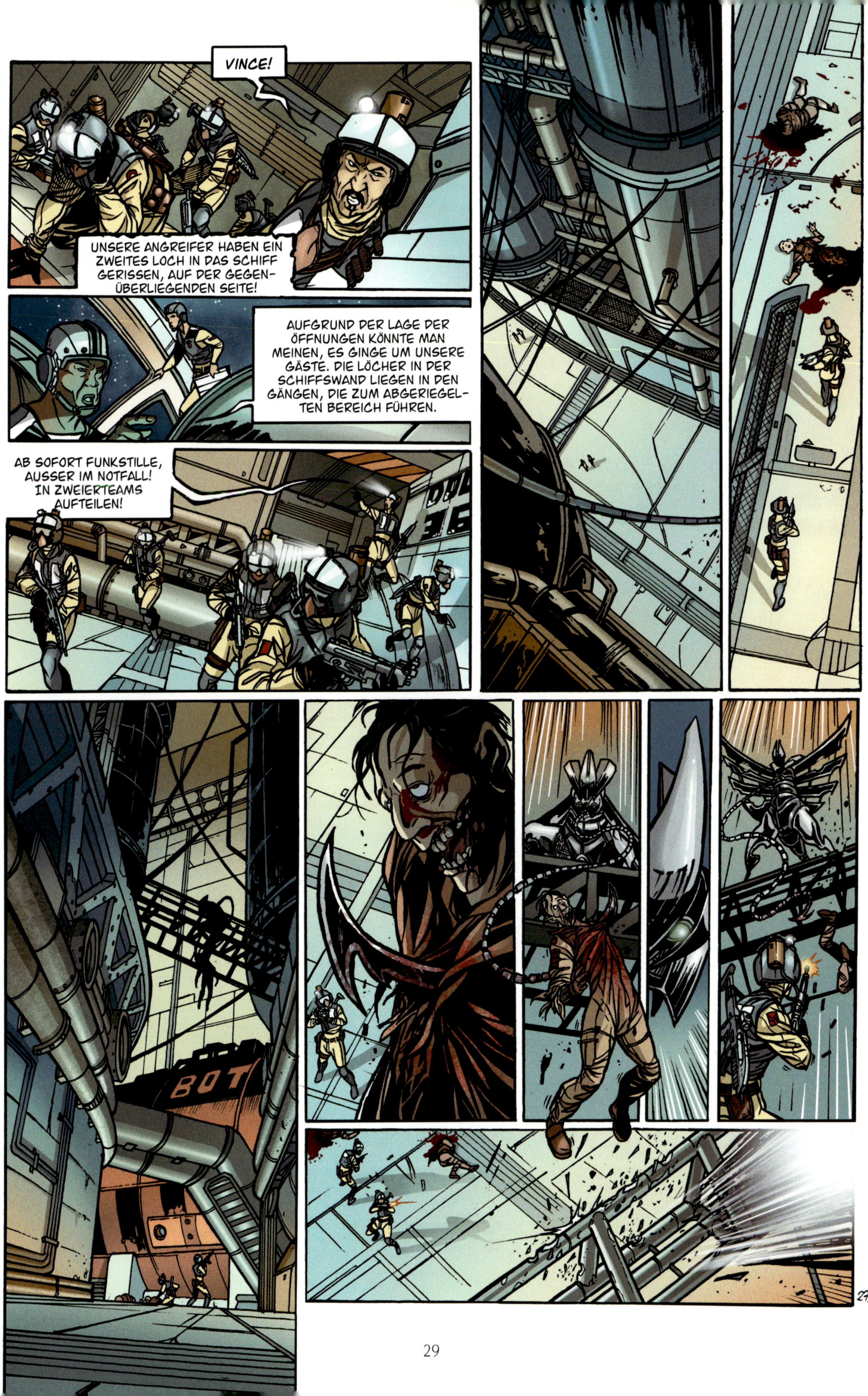
VINCE!
UNSERE ANGREIFER HABEN EIN ZWEITES LOCH IN DAS SCHIFF GERISSEN, AUF DER GEGENÜBERLIEGENDEN SEITE!
AUFGRUND DER LAGE DER ÖFFNUNGEN KÖNNTE MAN MEINEN, ES GINGE UM UNSERE GÄSTE. DIE LÖCHER IN DER SCHIFFSWAND LIEGEN IN DEN GÄNGEN, DIE ZUM ABGERIEGELTEN BEREICH FÜHREN.
AB SOFORT FUNKSTILLE, AUSSER IM NOTFALL! IN ZWEIERTEAMS AUFTEILEN!
BOT
27/2

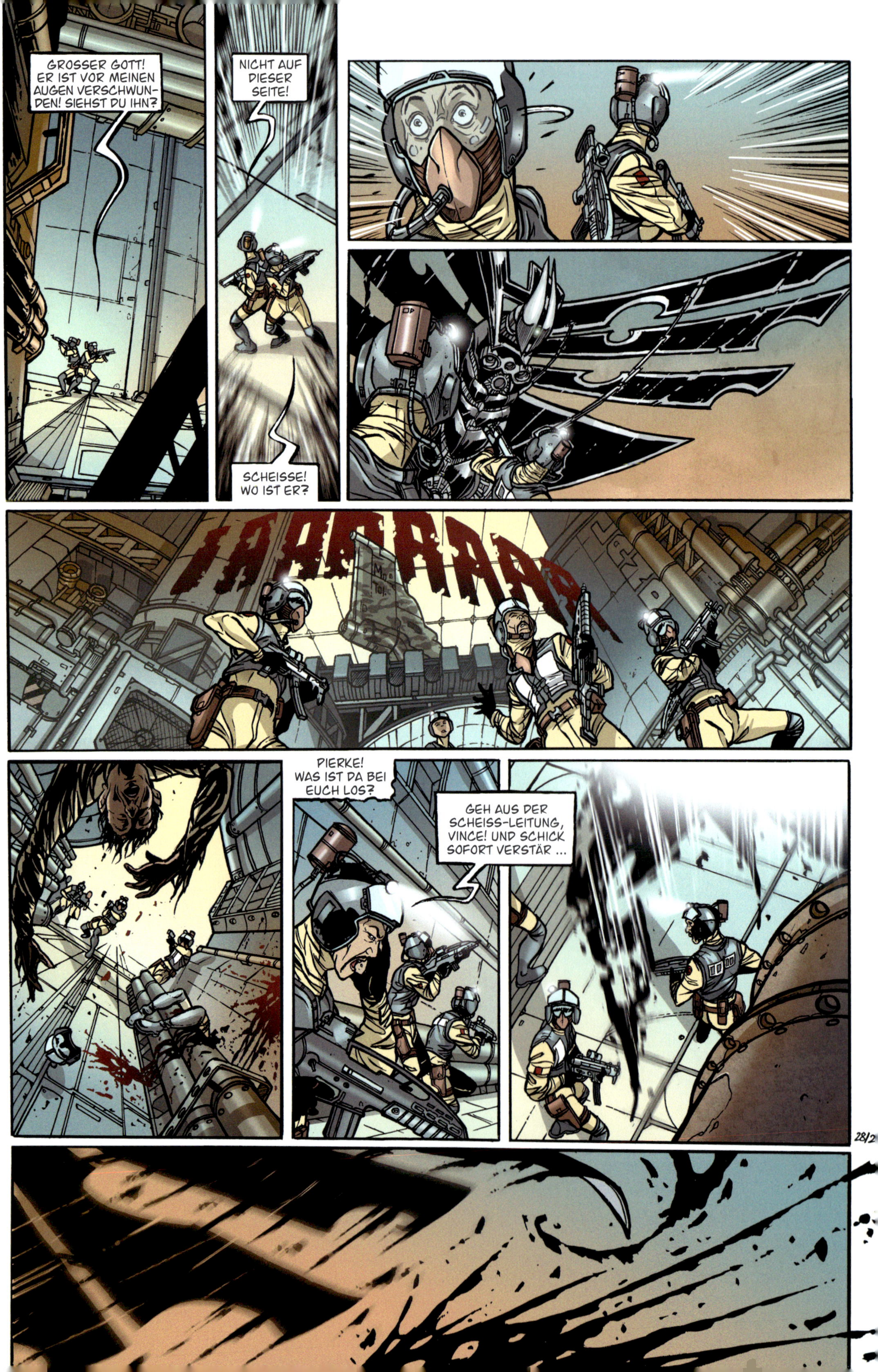
GROSSER GOTT! ER IST VOR MEINEN AUGEN VERSCHWUNDEN! SIEHST DU IHN?
NICHT AUF DIESER SEITE!
SCHEISSE! WO IST ER?
PIERKE! WAS IST DA BEI EUCH LOS?
GEH AUS DER SCHEISS-LEITUNG, VINCE! UND SCHICK SOFORT VERSTÄR ...
28/2

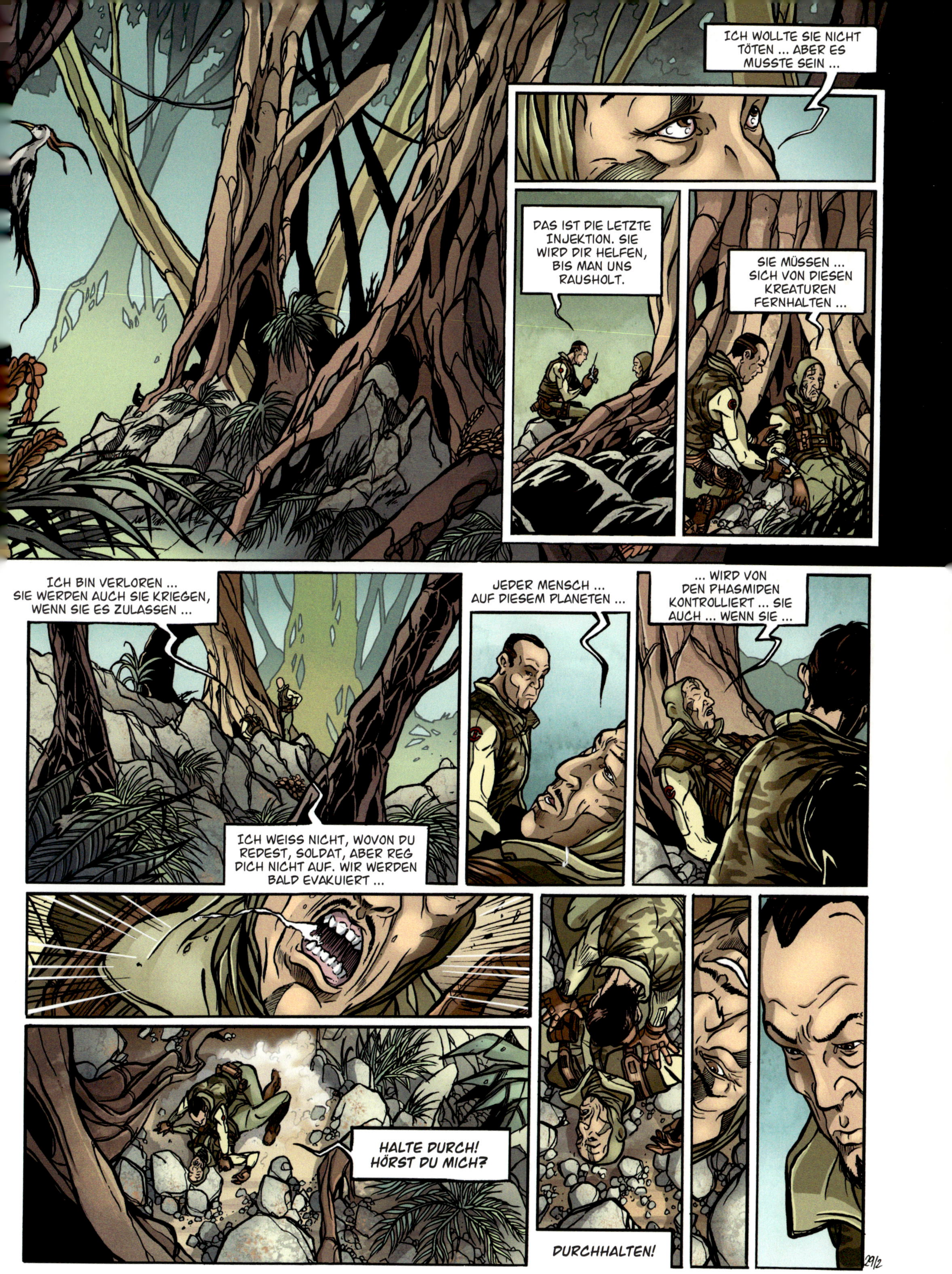
ICH WOLLTE SIE NICHT TÖTEN ... ABER ES MUSSTE SEIN ...
DAS IST DIE LETZTE INJEKTION. SIE WIRD DIR HELFEN, BIS MAN UNS RAUSHOLT.
SIE MÜSSEN ... SICH VON DIESEN KREATUREN FERNHALTEN ...
ICH BIN VERLOREN ... SIE WERDEN AUCH SIE KRIEGEN, WENN SIE ES ZULASSEN ...
ICH WEISS NICHT, WOVON DU REDEST, SOLDAT, ABER REG DICH NICHT AUF. WIR WERDEN BALD EVAKUIERT ...
JEDER MENSCH ... AUF DIESEM PLANETEN ...
... WIRD VON DEN PHASMIDEN KONTROLLIERT ... SIE AUCH ... WENN SIE ...
HALTE DURCH! HÖRST DU MICH?
DURCHHALTEN!
29/2

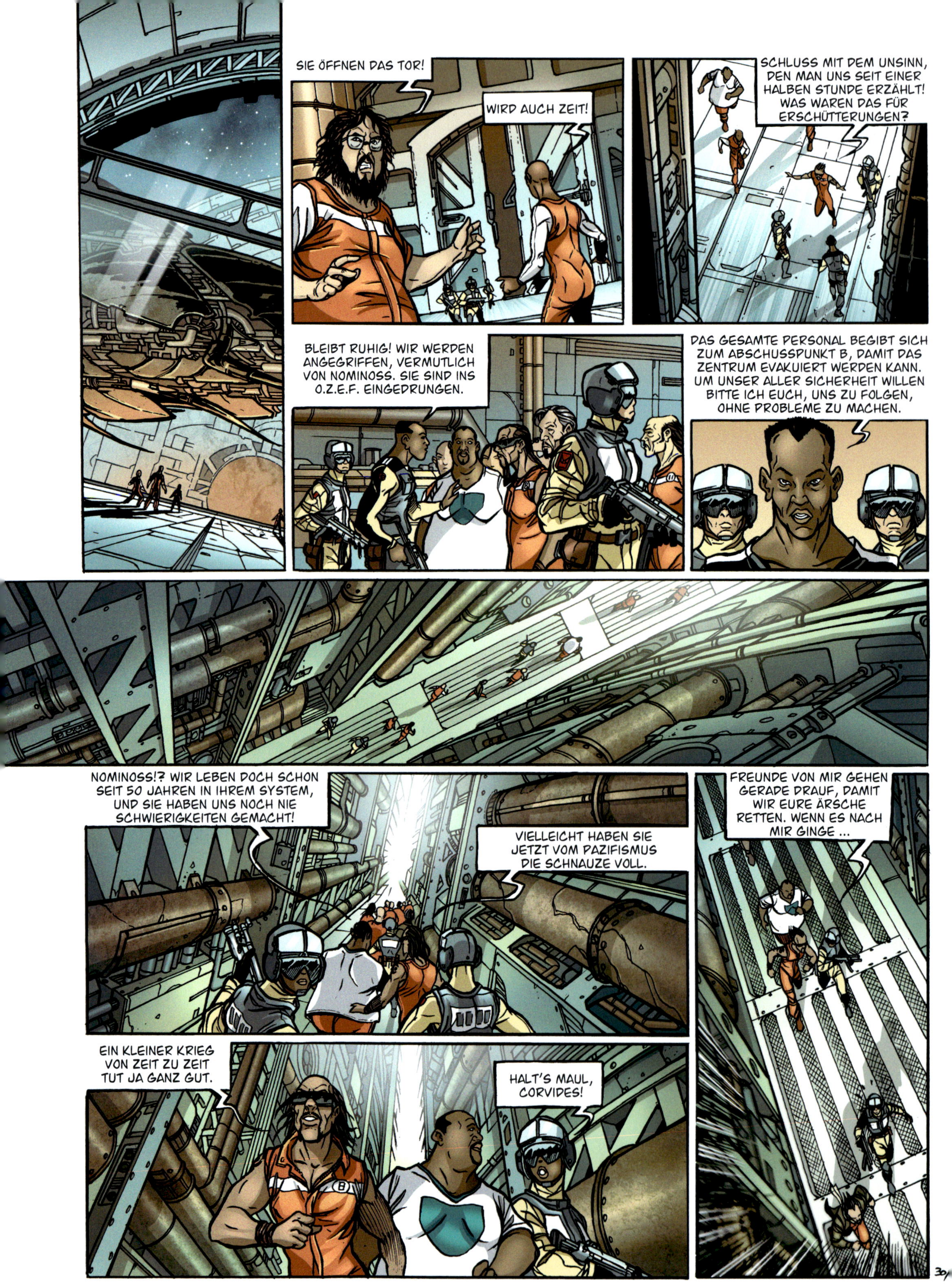
SIE ÖFFNEN DAS TOR!
WIRD AUCH ZEIT!
SCHLUSS MIT DEM UNSINN, DEN MAN UNS SEIT EINER HALBEN STUNDE ERZÄHLT! WAS WAREN DAS FÜR ERSCHÜTTERUNGEN?
BLEIBT RUHIG! WIR WERDEN ANGEGRIFFEN, VERMUTLICH VON NOMINOSS. SIE SIND INS O.Z.E.F. EINGEDRUNGEN.
DAS GESAMTE PERSONAL BEGIBT SICH ZUM ABSCHUSSPUNKT B, DAMIT DAS ZENTRUM EVAKUIERT WERDEN KANN. UM UNSER ALLER SICHERHEIT WILLEN BITTE ICH EUCH, UNS ZU FOLGEN, OHNE PROBLEME ZU MACHEN.
NOMINOSS!? WIR LEBEN DOCH SCHON SEIT 50 JAHREN IN IHREM SYSTEM, UND SIE HABEN UNS NOCH NIE SCHWIERIGKEITEN GEMACHT!
VIELLEICHT HABEN SIE JETZT VOM PAZIFISMUS DIE SCHNAUZE VOLL.
FREUNDE VON MIR GEHEN GERADE DRAUF, DAMIT WIR EURE ÄRSCHE RETTEN. WENN ES NACH MIR GINGE ...
EIN KLEINER KRIEG VON ZEIT ZU ZEIT TUT JA GANZ GUT.
HALT'S MAUL, CORVIDES!

31/2.

HIER ENTLANG!
SCHNELL!
WIR KÖNNEN DEN ABSCHUSSPUNKT AUCH DURCH DAS MODUL ERREICHEN!
NICHT ZURÜCKBLEIBEN!

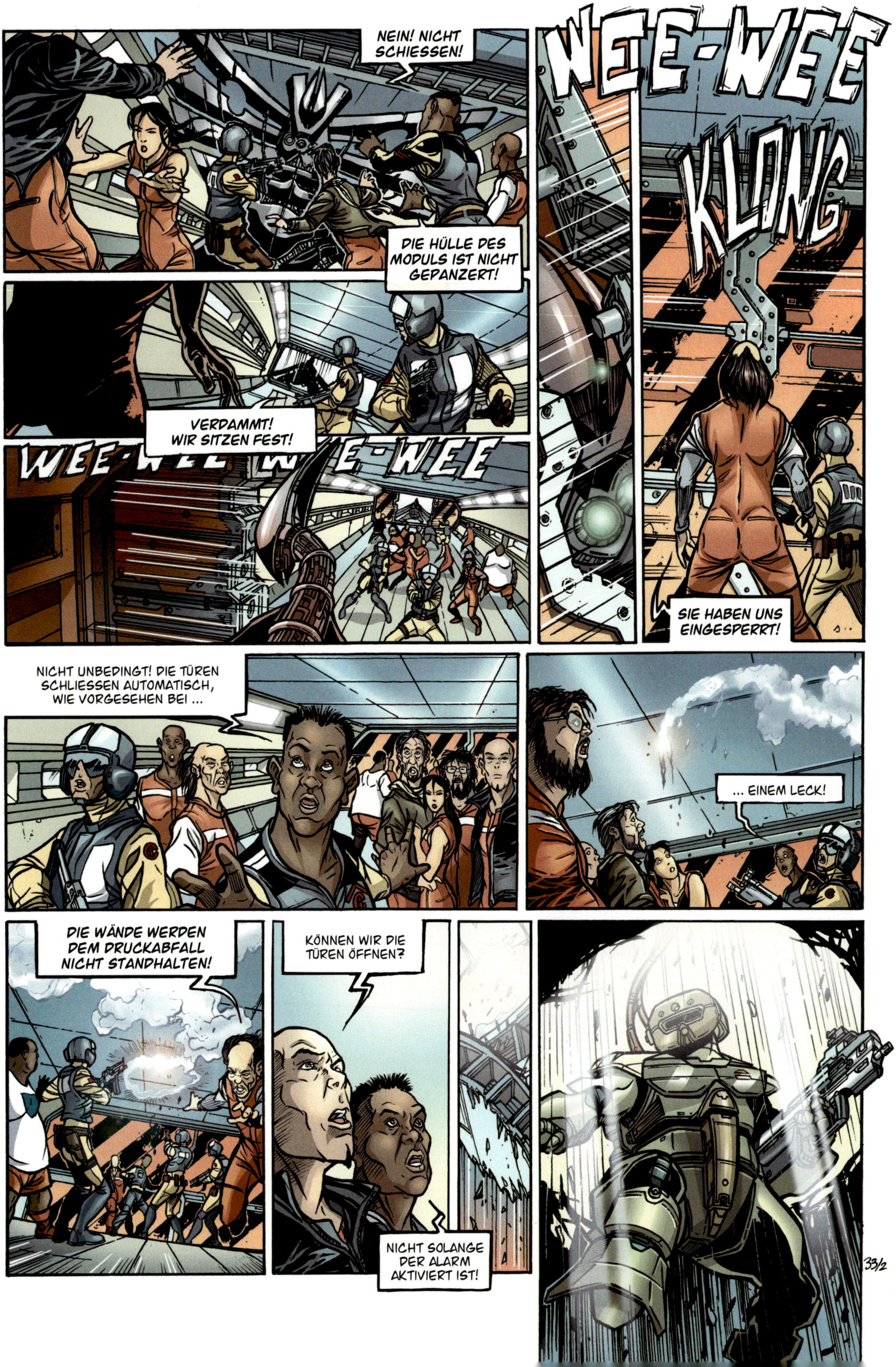
NEIN! NICHT SCHIESSEN!
DIE HÜLLE DES MODULS IST NICHT GEPANZERT!
VERDAMMT! WIR SITZEN FEST!
WEE-WEE WEE-WEE
WEE-WEE
KLONG
SIE HABEN UNS EINGESPERRT!
NICHT UNBEDINGT! DIE TÜREN SCHLIESSEN AUTOMATISCH, WIE VORGESEHEN BEI ...
... EINEM LECK!
DIE WÄNDE WERDEN DEM DRUCKABFALL NICHT STANDHALTEN!
KÖNNEN WIR DIE TÜREN ÖFFNEN?
NICHT SOLANGE DER ALARM AKTIVIERT IST!

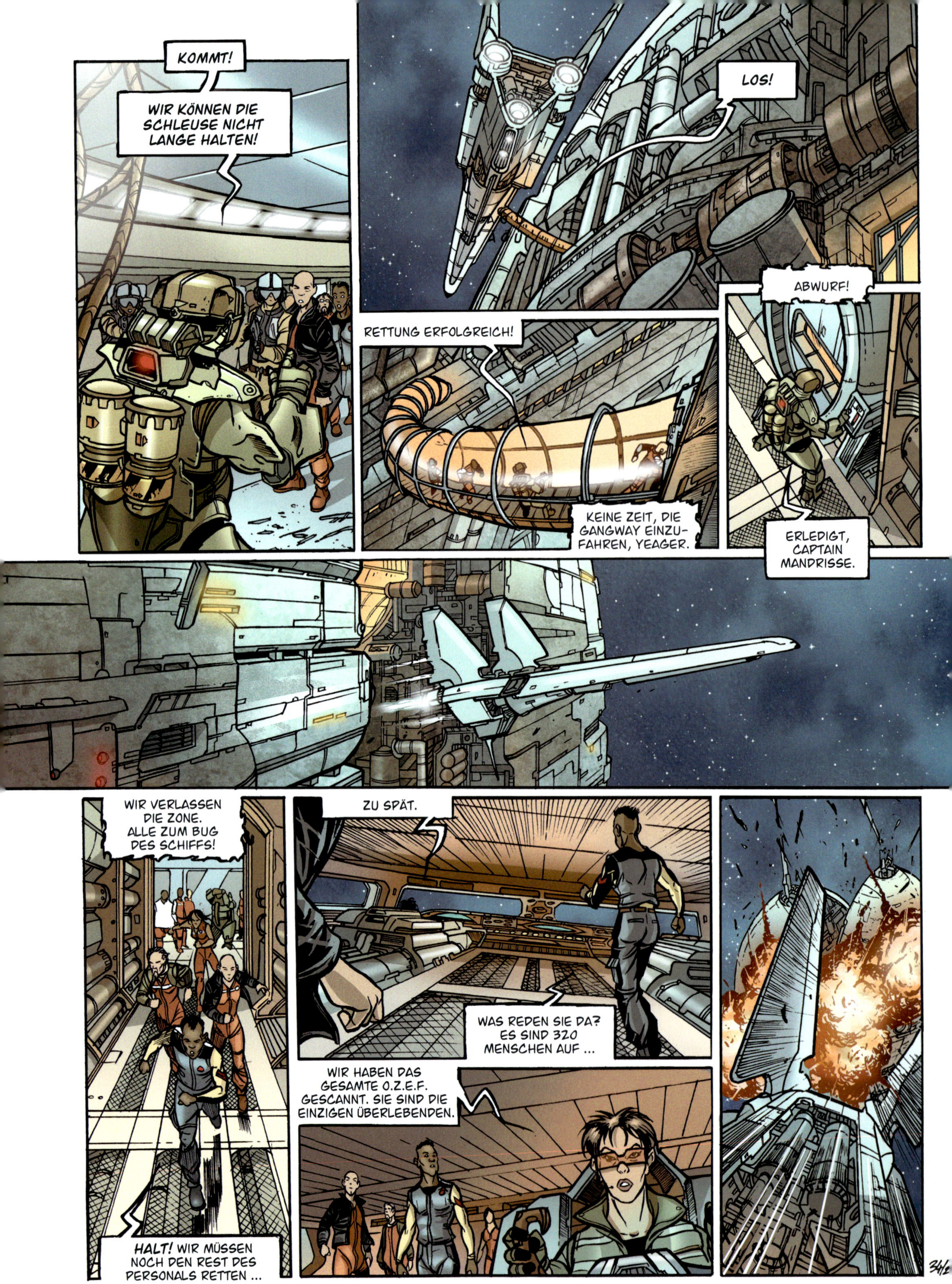
KOMMT!
WIR KÖNNEN DIE SCHLEUSE NICHT LANGE HALTEN!
LOS!
RETTUNG ERFOLGREICH!
KEINE ZEIT, DIE GANGWAY EINZU-FAHREN, YEAGER.
ABWURF!
ERLEDIGT, CAPTAIN MANDRISSE.
WIR VERLASSEN DIE ZONE. ALLE ZUM BUG DES SCHIFFS!
HALT! WIR MÜSSEN NOCH DEN REST DES PERSONALS RETTEN ...
ZU SPÄT.
WAS REDEN SIE DA? ES SIND 320 MENSCHEN AUF ...
WIR HABEN DAS GESAMTE O.Z.E.F. GESCANNT. SIE SIND DIE EINZIGEN ÜBERLEBENDEN.

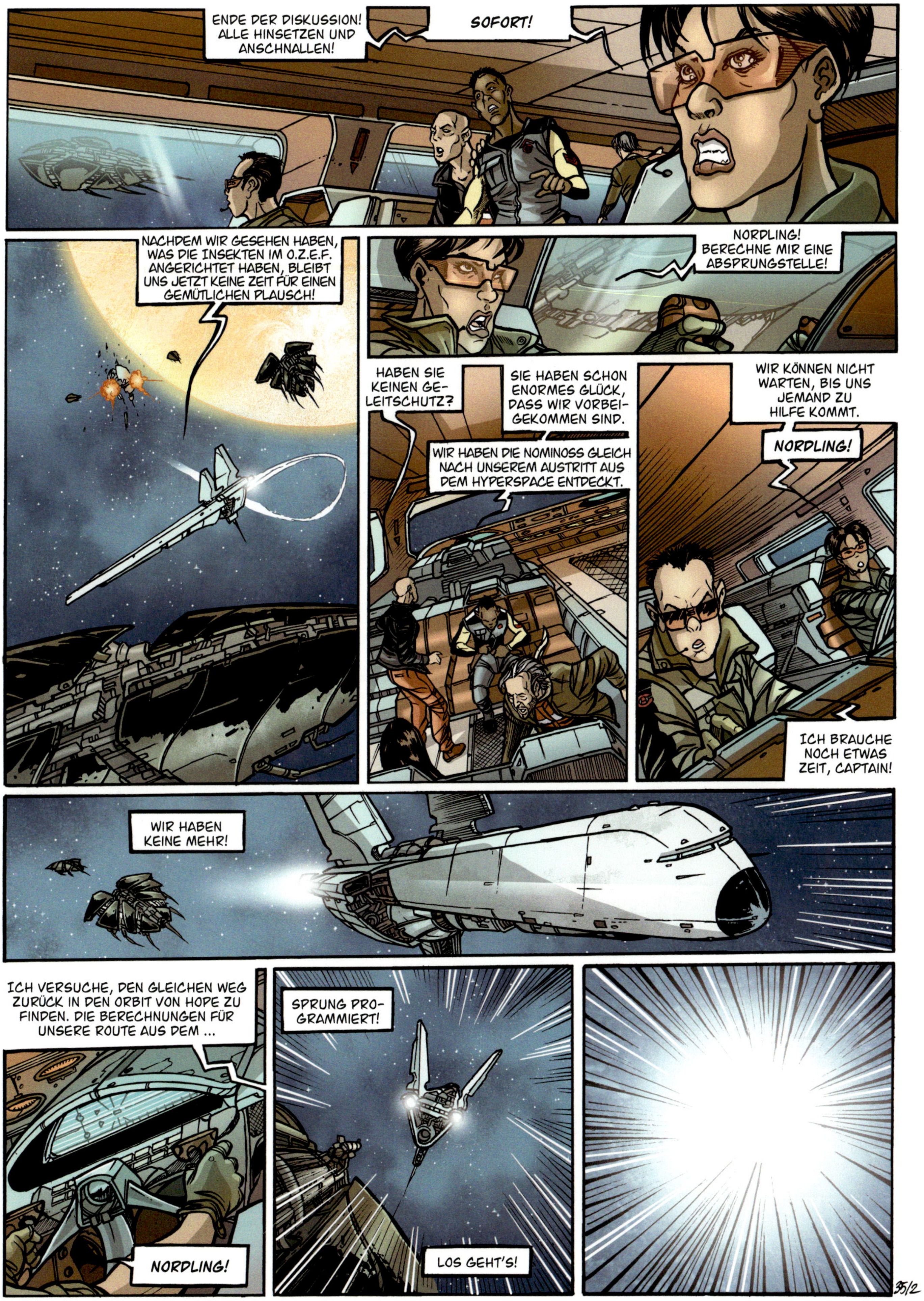
ENDE DER DISKUSSION! ALLE HINSETZEN UND ANSCHNALLEN!
SOFORT!
NACHDEM WIR GESEHEN HABEN, WAS DIE INSEKTEN IM O.Z.E.F. ANGERICHTET HABEN, BLEIBT UNS JETZT KEINE ZEIT FÜR EINEN GEMÜTLICHEN PLAUSCH!
NORDLING! BERECHNE MIR EINE ABSPRUNGSTELLE!
HABEN SIE KEINEN GE-LEITSCHUTZ?
SIE HABEN SCHON ENORMES GLÜCK, DASS WIR VORBEI-GEKOMMEN SIND.
WIR HABEN DIE NOMINOSS GLEICH NACH UNSEREM AUSTRITT AUS DEM HYPERSPACE ENTDECKT.
WIR KÖNNEN NICHT WARTEN, BIS UNS JEMAND ZU HILFE KOMMT.
NORDLING!
ICH BRAUCHE NOCH ETWAS ZEIT, CAPTAIN!
WIR HABEN KEINE MEHR!
ICH VERSUCHE, DEN GLEICHEN WEG ZURÜCK IN DEN ORBIT VON HOPE ZU FINDEN. DIE BERECHNUNGEN FÜR UNSERE ROUTE AUS DEM ...
NORDLING!
SPRUNG PRO-GRAMMIERT!
LOS GEHT'S!
35/2

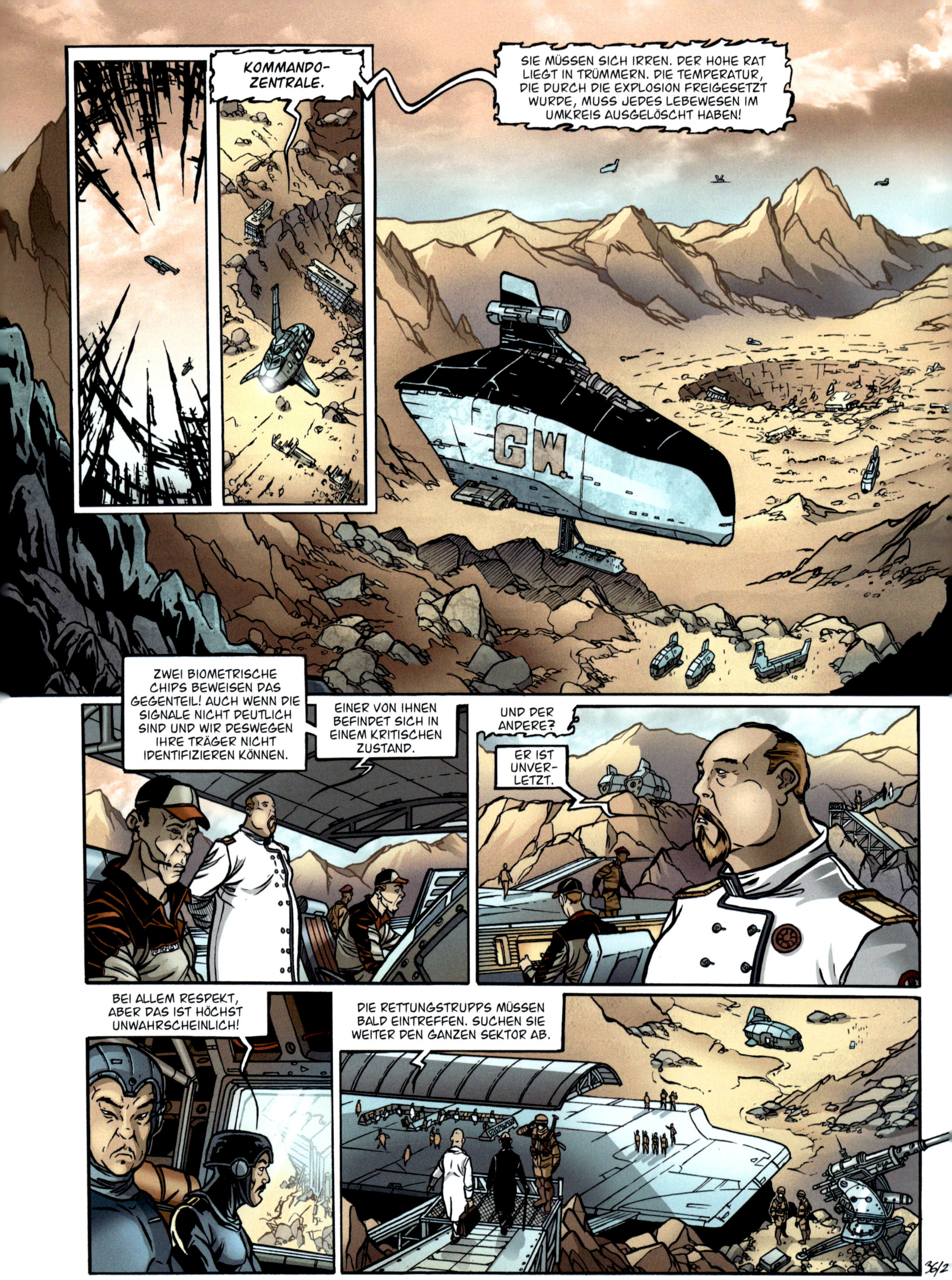
KOMMANDO-ZENTRALE.
SIE MÜSSEN SICH IRREN. DER HOHE RAT LIEGT IN TRÜMMERN. DIE TEMPERATUR, DIE DURCH DIE EXPLOSION FREIGESETZT WURDE, MUSS JEDES LEBEWESEN IM UMKREIS AUSGELÖSCHT HABEN!
GW
ZWEI BIOMETRISCHE CHIPS BEWEISEN DAS GEGENTEIL! AUCH WENN DIE SIGNALE NICHT DEUTLICH SIND UND WIR DESWEGEN IHRE TRÄGER NICHT IDENTIFIZIEREN KÖNNEN.
EINER VON IHNEN BEFINDET SICH IN EINEM KRITISCHEN ZUSTAND.
UND DER ANDERE?
ER IST UNVER-LETZT.
BEI ALLEM RESPEKT, ABER DAS IST HÖCHST UNWAHRSCHEINLICH!
DIE RETTUNGSTRUPPS MÜSSEN BALD EINTREFFEN. SUCHEN SIE WEITER DEN GANZEN SEKTOR AB.
36/2

RATSMITGLIED GEBBE ...
WÜRDEN SIE MIR BITTE ERKLÄREN, WIE DAS PASSIEREN KONNTE, ADMIRAL ERDMANN?
WIR SIND UNS NOCH NICHT GANZ SICHER ...
WIRKLICH? UND WENN WIR EINIGE MÖGLICHKEITEN AUSSCHLIESSEN? SEIT DEM ANSCHLAG AUF DAS SCRIPTORIUM IST ES UNMÖGLICH, SPRENGSTOFF IN DEN HOHEN RAT ZU SCHMUGGELN, NICHT EINMAL IN FORM VON NANOMASCHINEN.
HABEN SIE ETWA EINE RAKETE ÜBERSEHEN?
BITTE BERUHIGEN SIE SICH DOCH, WILLIAM ...
MICH BERUHIGEN? DIE POLITISCHE UND MILITÄRISCHE ELITE DER KOLONIE WIRD GERADE AUSGELÖSCHT!
I'VEZ SCHEINT INVOLVIERT ZU SEIN. BEI DER UNTERSUCHUNG SEINER BIOMETRISCHEN DATEN WURDE EINE UNGEWÖHNLICHE SUBSTANZ IN SEINEM BLUT ENTDECKT.
EINE ART SALPETERSÄURE MIT UNGLAUBLICHER ZERSTÖRUNGSKRAFT, DIE AUF TEMPERATURSCHWANKUNGEN REAGIERT. DER NOMINOSS SCHEINT SEINE KÖRPERTEMPERATUR ERHÖHT ZU HABEN.
HOPE ANTWORTET NICHT MEHR, ADMIRAL. ABER WIR KONNTEN KONTAKT ZU EINIGEN SCHIFFEN HERSTELLEN, DARUNTER AUCH DIE „CUMOSKO".
UND...
UND?
EIN SATELLIT HAT DIE ZERSTÖRUNG DES O.Z.E.F. BEOBACHTET.
KOMMANDOZENTRALE. WIR HABEN IHRE ÜBERLEBENDEN GEFUNDEN.
37/2

SCHLACHTSCHIFF „CUMOSKO". ORBIT DES PLANETEN HOPE.
SQUIRZZZ ... ICH WIEDERHOLE, CUMOSKO ... SQUIRZZ ... ... MINOSS SIND IN DEN KRIEG EINGE...
SEIT DEM ZUSAMMENBRUCH DES KOMMUNIKATIONSSYSTEMS GILT ALARMSTUFE ROT.
ERHÖHT ... SQUIRZZZZ ... ACHSAMKEIT .... SQUIRZZZ ...
KOMMANDANT, ICH EMPFANGE SIGNALE. NOMINOSS-JAGDFLIEGER. SIE SIND NOCH WEIT ENTFERNT, ABER SIE FLIEGEN IN UNSERE RICHTUNG.
DER KONTAKT IST ABGEBROCHEN, KOMMANDANT QUINONES!
DAS ERGIBT DOCH KEINEN SINN! DIE NOMINOSS HABEN KEINE FLOTTE, DIE DIESEN NAMEN VERDIENT. WAS HÄTTEN SIE DAVON, UNS ANZUGREIFEN?
BERECHNEN SIE IHRE FLUGBAHN.
DAS IST NICHT MÖGLICH ... SIE VERSCHWINDEN IMMER WIEDER VOM SCHIRM UND TAUCHEN DANN WIEDER AUF ...
DA SIND SIE WIEDER! SIE SIND IMMER NOCH WEIT ENTFERNT, ABER JEDER VON IHNEN HAT EINE RAKETE ABGESCHOSSEN!
SIE SIND DOCH IM VERGLEICH ZU UNSERER TECHNOLOGIE 100 JAHRE IM RÜCKSTAND! ERZÄHLEN SIE MIR ALSO NICHT, DASS SIE UNSEREN ÜBERWACHUNGSSYSTEMEN ENTKOMMEN KÖNNEN! SCHICKEN SIE EIN GESCHWADER LOS!
WAS HABEN SIE NUR VOR? SIE MÜSSEN DOCH DAVON AUSGEHEN, DASS WIR UNS DAS NICHT BIETEN LASSEN.
KOMMANDANT!
38/2

WENN SIE UNS ZWINGEN, DAS FEUER ZU ERÖFFNEN, WIRD DAS IHR SICHERER TOD SEIN, COLONEL. BITTE STEIGEN SIE EIN!
WIR WERDEN SIE SCHON NICHT FRESSEN.
SEIT WANN ...
... WIR DIE MENSCHLICHE BEVÖLKERUNG VON HOPE SCHON UNTER UNSERER KONTROLLE HABEN? SEIT FAST DREI JAHREN. ABER DIESE ANTWORT HABEN SIE SICHER ERWARTET, NICHT WAHR?
WIE KONNTEN SIE DIES BEWERKSTELLIGEN, OHNE MISSTRAUEN ZU ERWECKEN?
PAH, EUCH ZU IMITIEREN IST NUN WIRKLICH NICHT BESONDERS SCHWIERIG.

ABER SIE SIND NICHT UNFEHLBAR. YAMANA HAT SICH IHRER KONTROLLE ENTZOGEN.
DAS KOMMT MANCHMAL VOR. UNSERE UNGESCHICKTEN TÖTUNGSVERSUCHE HABEN NOCH DAS IHRE DAZU BEIGETRAGEN.
SEINE VERWUNDUNG HAT EINEN ENDORPHINAUSSTOSS BEWIRKT, DER IHN TEMPORÄR UNSEREM EINFLUSS ENTZOGEN HAT. LETZTLICH HABEN WIR AUCH DANK DER BETÄUBUNGSMITTEL, DIE SIE IHM GEGEBEN HABEN, DIE OBERHAND ZURÜCKGEWONNEN.
ABER NUN ZU IHNEN, COLONEL!
DIESE BEHANDLUNG, DER SIE SICH UNTERZIEHEN LIESSEN, UM NICHT MEHR SCHLAFEN ZU MÜSSEN ODER UM IHRE PHYSISCHEN FÄHIGKEITEN ZU STÄRKEN, HAT UNERWARTETE FOLGEN.
SIE HÄLT UNS DAVON AB, IN IHREN GEIST EINZUDRINGEN.
DAS IST FASZINIEREND ...
DAS WIRD IHNEN ABER NICHT GENÜGEN, UM MICH AM LEBEN ZU LASSEN.
DA TÄUSCHEN SIE SICH ... SOLANGE DER KAMPF GEGEN IHRE SPEZIES NOCH NICHT BEGONNEN HATTE, MUSSTEN WIR SIE IN RUHE LASSEN.
IHR VERSCHWINDEN HÄTTE DIE BEHÖRDEN AUF ACRIBOREA ALARMIERT, UND WIR DACHTEN UNS SCHON, DASS WIR SIE ZU NICHTS ZWINGEN KÖNNTEN.
NUN ABER KÖNNEN WIR SIE SO GRÜNDLICH UNTERSUCHEN WIE WIR WOLLEN.
ABER EINES WÜRDE MICH INTERESSIEREN: SIE HABEN YAMANA AM ENDE DOCH GEGLAUBT. WARUM HABEN SIE DANN AUF UNS GEWARTET?
WEIL ICH WAFFEN BRAUCHE ... UND DIE HABEN SIE MIR GERADE GELIEFERT!
40/2

41/2

42/2

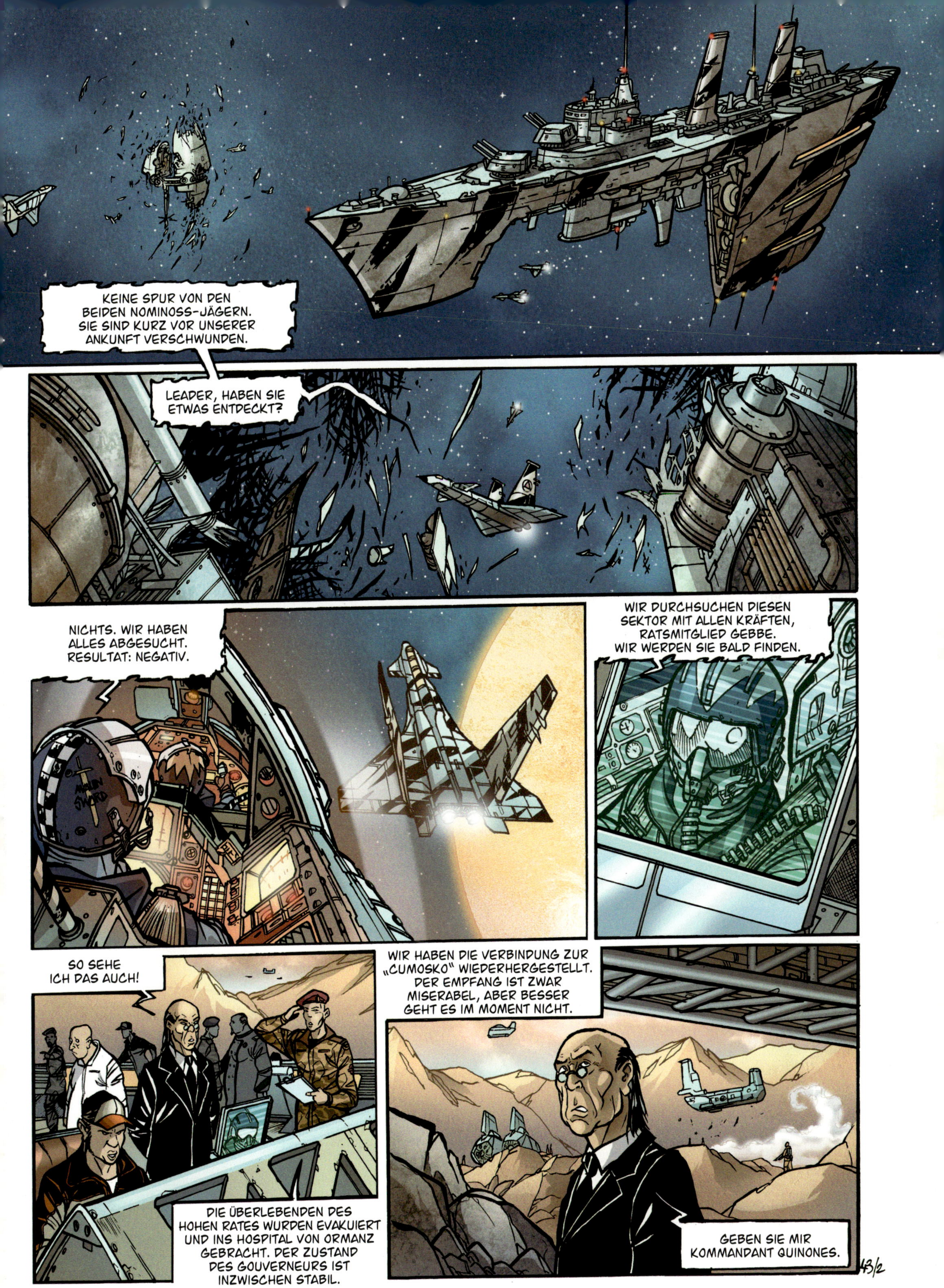
KEINE SPUR VON DEN BEIDEN NOMINOSS-JÄGERN. SIE SIND KURZ VOR UNSERER ANKUNFT VERSCHWUNDEN.
LEADER, HABEN SIE ETWAS ENTDECKT?
NICHTS. WIR HABEN ALLES ABGESUCHT. RESULTAT: NEGATIV.
WIR DURCHSUCHEN DIESEN SEKTOR MIT ALLEN KRÄFTEN, RATSMITGLIED GEBBE. WIR WERDEN SIE BALD FINDEN.
SO SEHE ICH DAS AUCH!
DIE ÜBERLEBENDEN DES HOHEN RATES WURDEN EVAKUIERT UND INS HOSPITAL VON ORMANZ GEBRACHT. DER ZUSTAND DES GOUVERNEURS IST INZWISCHEN STABIL.
WIR HABEN DIE VERBINDUNG ZUR „CUMOSKO" WIEDERHERGESTELLT. DER EMPFANG IST ZWAR MISERABEL, ABER BESSER GEHT ES IM MOMENT NICHT.
GEBEN SIE MIR KOMMANDANT QUINONES.
43/2

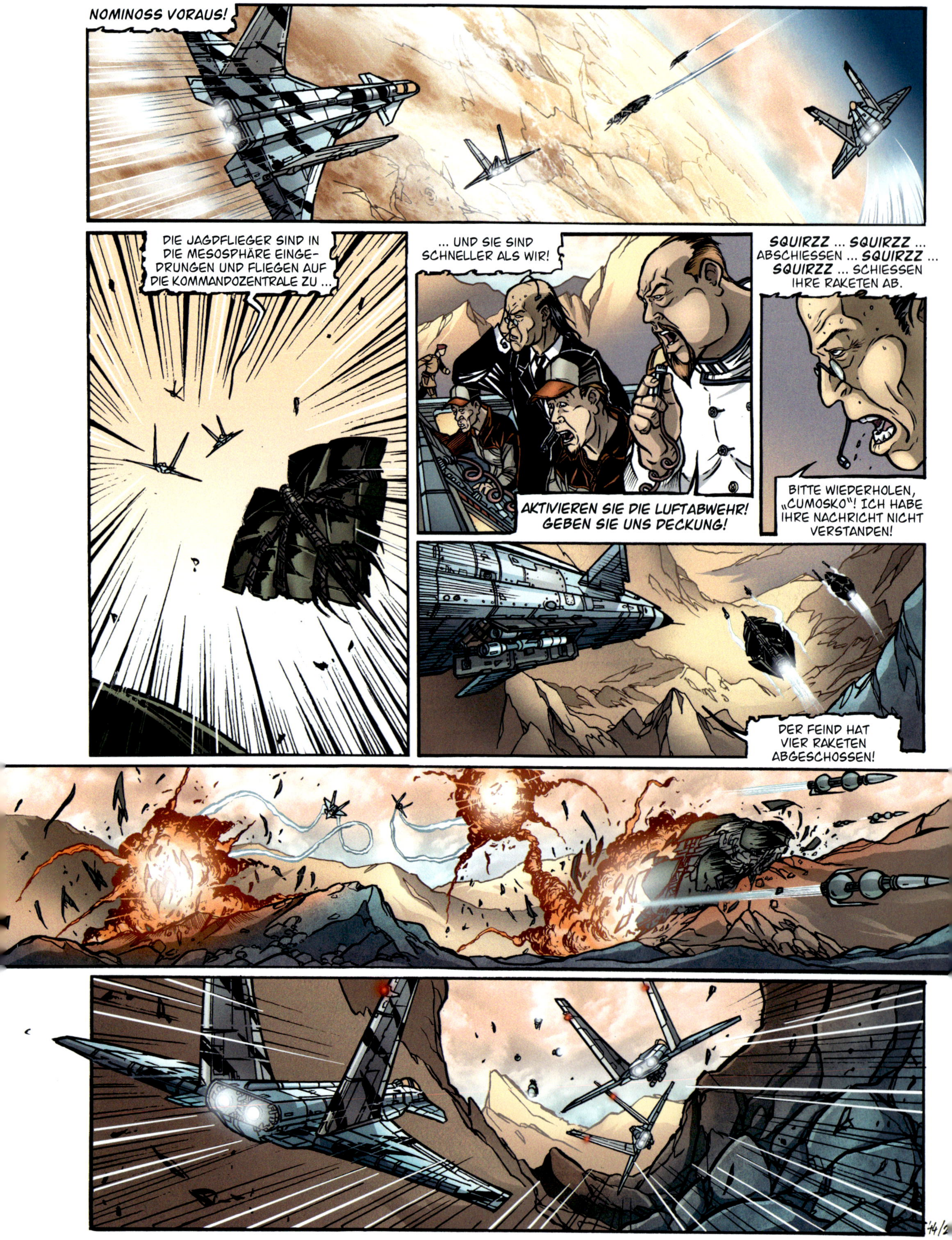
NOMINOSS VORAUS!
DIE JAGDFLIEGER SIND IN DIE MESOSPHÄRE EINGEDRUNGEN UND FLIEGEN AUF DIE KOMMANDOZENTRALE ZU ...
... UND SIE SIND SCHNELLER ALS WIR!
AKTIVIEREN SIE DIE LUFTABWEHR! GEBEN SIE UNS DECKUNG!
SQUIRZZ ... SQUIRZZ ... ABSCHIESSEN ... SQUIRZZ ... SQUIRZZ ... SCHIESSEN IHRE RAKETEN AB.
BITTE WIEDERHOLEN, „CUMOSKO“! ICH HABE IHRE NACHRICHT NICHT VERSTANDEN!
DER FEIND HAT VIER RAKETEN ABGESCHOSSEN!

FEINDLICHE JÄGER ABGESCHOSSEN. GLEICH HABEN WIR AUCH IHRE RAKETEN.
... ZEICHEN ... SQUIRZZ ... NICHT ... SQUIRZZ ... ... KETEN NICHT ABSCHIESSEN LASSEN ...
SQUIRZZ ... KURZE HYPERSPACE-SPRÜNGE ...
SCHEISSE! LEADER, BESTÄTIGEN SIE DAS RADARBILD!
WAS IST LOS?
DIE RAKETEN ... SIE HABEN SICH VOR UNSEREN AUGEN IN LUFT AUFGELÖST!
45/2

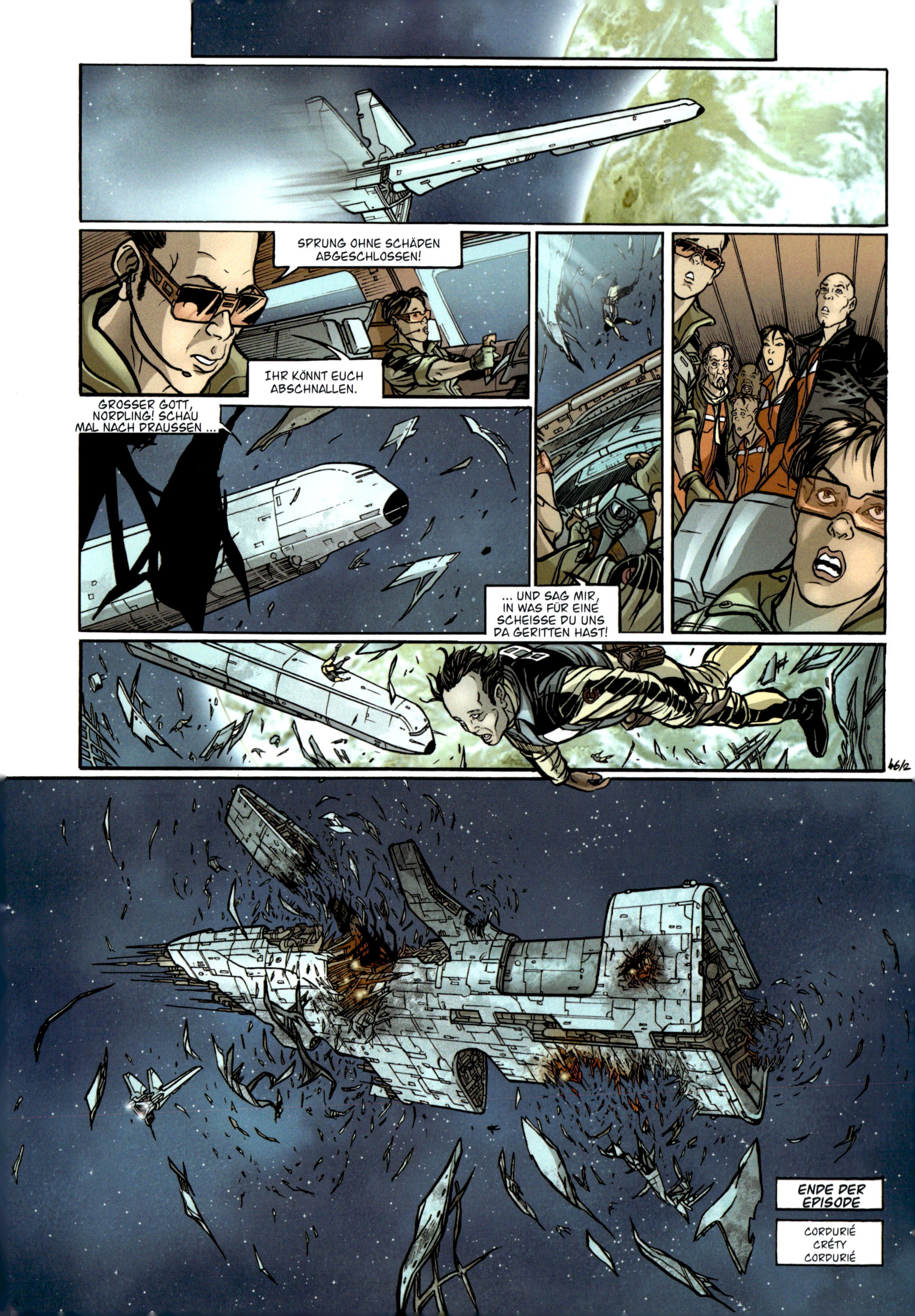
SPRUNG OHNE SCHÄDEN ABGESCHLOSSEN!
IHR KÖNNT EUCH ABSCHNALLEN.
GROSSER GOTT, NORDLING! SCHAU MAL NACH DRAUSSEN ...
... UND SAG MIR, IN WAS FÜR EINE SCHEISSE DU UNS DA GERITTEN HAST!
46/2
ENDE DER EPISODE
CORDURIÉ
CRÉTY
CORDURIÉ

# ACRIBOREA

**Bereits erschienen:**

**Band 1:**
**„Der Auserwählte"**

**Band 2:**
**„Die Vernichtung des Hohen Rates"**

**Noch mehr Science-Fiction-Action bei Bunte Dimensionen – „TRAVIS":**

**Band 1:**
**„Huracan"**

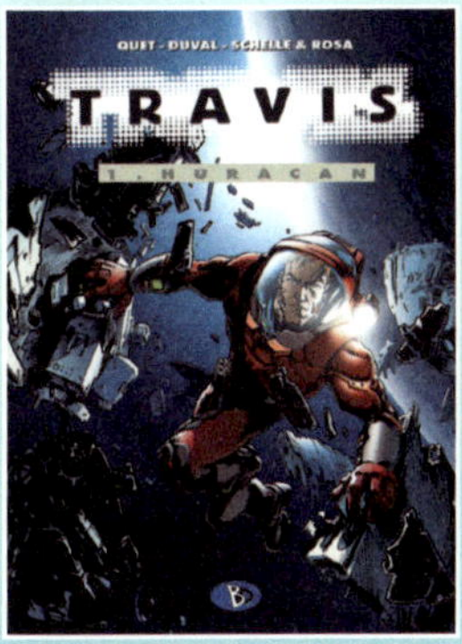


**Band 2:**
**„Operation Minotaurus"**

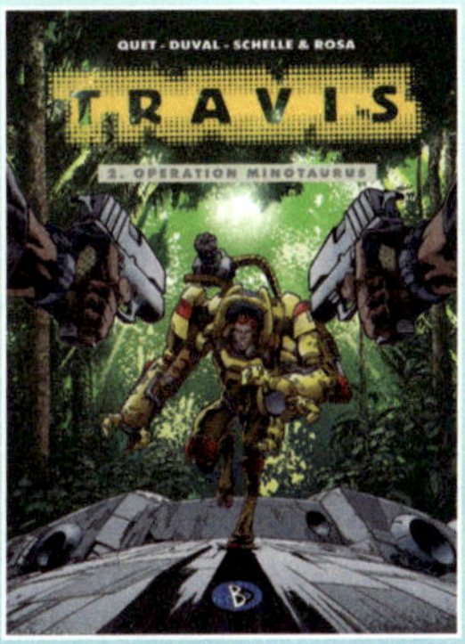


**Band 3:**
**„Die Ikarus-Regression"**

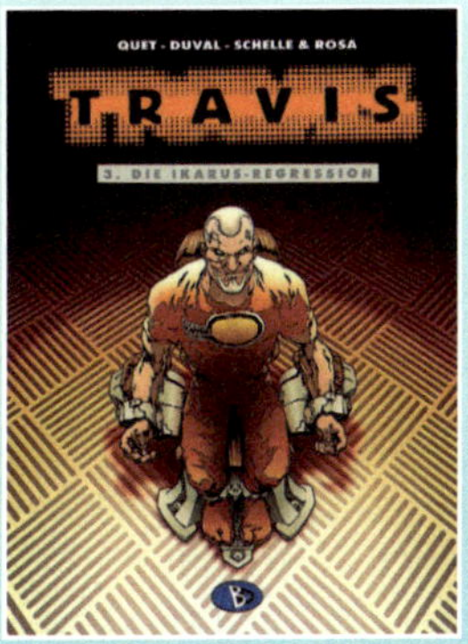


**Band 4:**
**„Das Oslo-Protokoll"**

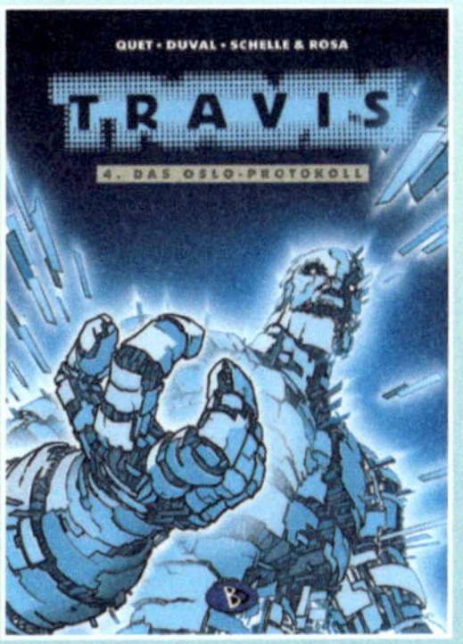


**Band 5:**
**„Cybernation"**

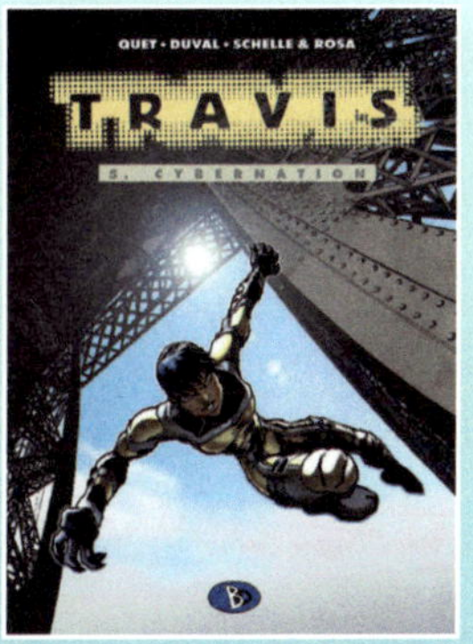